映画ノベライズ
るろうに剣心
最終章
The Final

集英社オレンジ文庫

映画ノベライズ

るろうに剣心　最終章 The Final

田中　創

原作／和月伸宏　脚本／大友啓史

本書は、映画「るろうに剣心　最終章　Ｔｈｅ　Ｆｉｎａｌ」の脚本（大友啓史）に基づき、書き下ろされています。

目次

一 12
二 42
三 111
四 181

人物紹介

緋村剣心《ひむらけんしん》

伝説の人斬り。斬れない刀〈逆刃刀〉で人々を守る。頬の十字傷に秘められた因縁に挑む。

雪代縁《ゆきしろえにし》

〈剣心の過去〉をすべて知る上海マフィアの頭目。剣心が生み出してしまった史上最恐最悪の敵。

神谷薫《かみやかおる》

人を活かす剣を説く神谷活心流の師範代。剣心と共に生きることを願っている。

相楽左之助《さがらさのすけ》

直情型の喧嘩屋。人情味溢れる兄貴肌の一面もあり、剣心の力になるため奮闘する。

明神弥彦《みょうじんやひこ》

神谷道場門下生。仲間の役に立つため強くなろうと必死に日々稽古に励む。

高荷《たかに》　恵《めぐみ》

剣心に命を助けられた美人女医。
仕事に身を捧げ、悩む薫を励まし勇気づける。

斎藤《さいとう》　一《はじめ》

幕末から剣心を知る元・新撰組。
維新後、剣心と共にいくつもの死闘をくぐり抜けてきた。

四乃森蒼紫《しのもりあおし》

江戸幕府を守り続けた御庭番衆の元・御頭。
過去剣心と敵対していたが、共に戦う仲間に。

巻町《まきまち》　操《みさお》

蒼紫を慕う御庭番式拳法の使い手。
ある使命を持って東京へやってくる。

雪代《ゆきしろ》　巴《ともえ》

剣心に秘められた過去や
〈十字傷の謎〉に深く関わっている。

映画ノベライズ

るろうに剣心

最終章

The Final

一

横浜《よこはま》駅の停車場《プラットホーム》に、陸蒸気《おかじょうき》が唸《うな》りを上げて到着した。

軽やかに鳴り響く汽笛《きてき》は、文明開化の音色だ。乗車口付近にごった返している乗客の中には、洋髪洋装《ようはつようそう》の人々も多い。

今から七年前、明治五年の開業以来、ここ横浜駅は関東圏における交通の要衝《ようしょう》として機能していた。陸蒸気——英国製の最新式蒸気機関車が横浜の港から品川《しながわ》までの路線を結び、海外からの旅行者や輸入品を輸送する。その革命的な速度と輸送量は、従来の駕籠《かご》や馬による輸送方法の比ではなく、それらを完全に過去のものとしてしまった。

蒸気機関は今や、時代の最先端といえる。この日もまた、横浜駅の停車場には手荷物を持った人々がひしめいていたのである。

そんな人ごみを、「どけ！　道を空けろ！」と威圧的に掻《か》き分けて進む集団があった。濃紺《のうこん》の詰襟《つめえり》制服に身を包んだ、内務《ないむ》省警視《しょうけいし》局《きょく》所属の警官隊である。

警官、藤田五郎《ふじたごろう》こと斎藤一《さいとうはじめ》は、部下たちの先頭に立って、まっすぐに陸蒸気へと歩を進めていく。

――時代は変わっても、「御用改《ごようあらた》め」の空気は変わらんな。

斎藤は幕末の動乱期、新撰組《しんせんぐみ》の三番隊を指揮していた。

当時もよく、隊士たちを率《ひき》いて維新志士《いしんしし》たちに襲撃を仕掛けていたものである。拠点に電撃的に押し入り、躊躇《ちゅうちょ》なく敵を仕留める。それが新撰組のやり方だった。情け容赦《ようしゃ》のない壬生狼《みぶろ》の牙は、敵味方問わず恐れられていたのである。

悪を即《すなわ》ち斬る。そんな斎藤の「悪《あく》・即《そく》・斬《ざん》」の正義は、明治になった今でも変わっていない。己の生きる道はその他にはないと、心の底から信じているからだ。

煙草《たばこ》の煙を吐きながら、斎藤は陸蒸気の車内に足を踏み入れた。

現在警視局が追っているのは、武器密輸を生業《なりわい》とする上海犯罪組織《シャンハイマフィア》だった。

組織の首領が横浜に現れるという情報を得たのが、つい数時間前のこと。標的の身柄を押さえるべく、斎藤はすぐさまここ横浜駅へとやってきたのである。

車内の客席を見渡せば、ほとんどが乗客で埋まっていた。

談笑する老夫婦、けん玉を手に通路を走る子供、それを「危ないですよ」と窘《たしな》める品の良さそうな母親。犯罪組織とはなんの関係もない、ごく普通の者たちだ。

斎藤はひとりひとり、乗客の顔を確認しながら通路を進む。

すると通路側の座席のひとつに——その男の姿を見つけた。

細身で長身、二十歳《はたち》前後の青年だ。洒落《しゃれ》た色眼鏡《いろめがね》をかけ、橙《オレンジ》色の外套《がいとう》を羽織《はお》っている。首に巻いているのは、大陸風の瀟洒《しょうしゃ》な襟巻《マフラー》だ。

斎藤は、青年の顔をまじまじと見つめる。なにより特徴的なのは、まるで冬の暗雲のように灰色がかったその白髪である。

報告にあった通りの外見だ。これは「当たり」だろう。斎藤は部下に目配せをし、青年の座席を包囲させた。

それでも、青年にはさして驚いた様子もなかった。ゆっくりと顔を上げて取り囲む警官たちを見渡している。豪胆《ごうたん》な男だな、と、斎藤は思う。

通訳警官が一歩前に進み出て、中国語で告げた。

『志々雄真実《ししおまこと》に甲鉄艦《こうてつかん》を売ったのはお前か?』

白髪の青年は答えない。その代わりに、向かいの席に座る男を一瞥《いちべつ》した。

視線を向けられたのは、蝶襟締《ちょうネクタイ》に礼服姿《スーツ》の小綺麗《こぎれい》な中年男である。青年の部下なのだろう。中年男は立ち上がり、『なんのことですか?』と返した。

なんとも白々《しらじら》しい。通訳警官は、憮然《ぶぜん》とした態度で続けた。

『通報があった。上海から来た武器商人が、この列車に乗っていると』

『失礼な。こちらの方は上海縁和公司《えんわこうし》の――』

そんな部下の言葉を遮《さえぎ》るように、白髪の青年が口を開いた。

「人に聞く前に、まず自分が名乗ったらどうダ？」

青年の横柄《おうへい》な態度に、通訳警官はむっと顔をしかめた。

斎藤はそれを制し、青年に尋ねる。

「お前は日本人か？」

「内務省警視局の藤田五郎……いや、元新撰組の斎藤一」

唐突《とうとつ》に名を呼ばれ、斎藤はやや面食らった。

どこで調べたのか、この青年は斎藤について熟知している。ただの武器密売人というわけではないらしい。

「お前も欲しいのカ？　欲しいならいくらでも売ってやル」

青年は、斎藤になどさして興味がないとでもいうように窓の外へと目を向けた。そのまま、飄々《ひょうひょう》とした調子で続ける。

「甲鉄艦、ガトリング砲、スナイドル銃……。西南《せいなん》戦争が終わって武器がダブついてしょうがなイ」

斎藤は青年の軽口に取り合わず、側の部下に「連行しろ」と告げた。

部下のひとりが、青年を拘束《こうそく》しようと腕を伸ばす。

しかしその瞬間、青年が素早く懐《ふところ》から小刀を抜き、部下の腹を突き刺した。

あまりの早業《はやわざ》に、誰もそれを止めることは出来なかった。腹を刺された警官は、「ぎゃあああっ！」と苦悶《くもん》の声を上げる。

「やめておけ。清国《しんこく》から来た俺と揉《も》め事を起こせば、ただでは済まン」

青年は握った小刀で、ぐりぐりと警官の腹を穿《うが》っている。そのまま顔を上げ、鋭い目で斎藤を見据えた。

「人斬《ひとき》り抜刀斎《ばっとうさい》はどこダ」

斎藤は眉《まゆ》を顰《ひそ》める。その名をここで聞くとは思わなかった。

人斬り抜刀斎といえば、幕末にその名を轟《とどろ》かせた討幕《とうばく》派最強の剣客である。あの男とは、斎藤も少なからぬ因縁《いんねん》があった。

「上海マフィアが抜刀斎に何の用――」

「奴の頬《ほお》に……まだ十字傷はあるカ？」

「なんだと？」

斎藤では埒《らち》があかないと踏んだのか、青年は己が腹を穿った警官へと目を向けた。その襟首をつかみあげ、顔を引き寄せる。

「ん？　どうだ？　抜刀斎の頬にまだ十字傷はあるのカ？」

青年の目つきは尋常《じんじょう》ではない。相手が答えなければ、そのまま心臓を貫きかねないほどの強烈な意志を感じる。

警官もさすがに恐怖を感じたのか、首をつかまれたまま必死に首を縦に振った。

「そうか、まだあるのカ……姉さんはまだあの男を恨んでるんダネ」

青年は薄く唇を歪めた。

その笑みにはどこか、常軌を逸したものを感じる。

――この男は危険だ。

次の瞬間、部下のひとりが剣を抜き、「うわあああああ！」と青年に斬りかかった。

青年はつかんでいた警官の襟から手を離し、斬りかかる警官を迎撃する。座席から飛び上がりながら蹴《け》りを放ち、ふわりと通路へと着地したのだ。

まるで軽業師《かるわざし》のような身のこなしである。青年はそのまま他の警官たちを蹴り飛ばし、挑発的な表情で斎藤を見据えた。

「どうした新撰組、かかってこいヨ」

「なにをやっている!?」

車両の外に待機していた警官たちも、青年を取り押さえようと駆け寄ってきた。

しかし、青年の冷静な表情は崩れない。軽やかな体捌《たいさば》きで警官たちをいなし、列車外へと転がり出る。さらに、そのまま停車場《ホーム》から車両の屋根へ。青年は群がる警官たちを蹴散らしながら、野生の獣のように跳ね回っていた。

厄介《やっかい》なことになった、と斎藤は思う。

乗客たちもさすがに尋常ならざる事態であることに気が付いたのか、悲鳴を上げ、逃げ惑っている。陸蒸気《おかじようき》は、一瞬のうちに阿鼻叫喚《あびきようかん》に包まれたのである。

そんな中でも、青年はまるで表情を変えていなかった。怯《おび》える乗客たちを一顧《いっこ》だにせず列車内に駆け戻り、氷のように冷たい表情で警官たちを打ち倒していく。

青年は手刀でひとりを打ち倒し、続けざまに別の警官の肋骨《ろっこつ》を回し蹴りで砕いた。そして次の瞬間、乗客の子供が手にしていたけん玉を拾い上げ、別の相手の首筋を刺し貫いていた。

もはや部下たちでは手に負えない。狭い車内を縦横無尽《じゅうおうむじん》に駆け巡る青年を、誰も捕らえることができないのだ。

斎藤は「チッ」と舌打ちをすると、腰の刀を抜き放った。警告も遠慮《えんりょ》もなく、無造作《むぞうさ》に斬りかかる。

青年は無手《むて》だが、悪を相手に手加減をするつもりはない。これ以上の被害が出る前に、手早く勝負を付けるのが最善だろう。

斎藤は連撃で青年を吹き飛ばし、間合いを取った。すぐさま左手一本に剣を持ち替え、水平突きの構えを取る。

牙突《がとつ》。新撰組時代からの斎藤の十八番《おはこ》である。

斎藤が青年を見据え、必殺の一撃を放とうとしたそのとき、驚くべきことが起こった。これまで暴れ回っていた青年が、何故かぴたりと抵抗を止めたのである。

青年は斎藤の方にふっと笑みを向け、おもむろに両手を上にあげる。そのまま中国語で、こう言い放った。

『俺を逮捕したいんだろ？　捕まってやるよ』

「なんだと……？」

罠《わな》……だろうか。床に伏した部下たちも、怪訝《けげん》な表情で顔を見合わせている。

「……と、捕らえろおおッ！」

部下のひとりが果敢《かかん》に立ち上がり、青年の背中へと飛びかかった。青年はなんの抵抗も見せず、そのままうつ伏せに床へと倒される。

それを皮切りにして、他の部下たちも倒れた青年に駆け寄り上から押さえつけて羽交《はが》い締《じ》めにする。

それでも青年は動かない。奇妙な笑みを浮かべながら、警官たちに大人しく縄をかけられている。

その態度に納得はいかないが——まあいい、と斎藤は思う。この男がなにを考えているのかは知らないが、逮捕という目的は達した。あとは上層部が判断することだ。

斎藤は削《そ》がれた気勢を埋め合わせるべく、新たな煙草《たばこ》に火をつけた。

ふう、と紫煙《しえん》を吐き、車両から外に出る。

胸に去来する不穏な予感には、あえて目を向けぬようにして。

※

浅草《あさくさ》の大通りを、華々しい花嫁行列が行く。

最近の若者の中には、祝言《しゅうげん》を西洋式で行う者も増えてきているようだ。上品な燕尾服《タキシード》姿の新郎と、煌《きら》めくような純白の婦人服《ドレス》に身を包んだ花嫁が、人力車に乗って人々に笑顔を振りまいていた。

多くの見物客が物珍しさに集まり、新婚夫婦の姿に歓声を上げていた。

相楽左之助《さがらさのすけ》も、そんな野次馬のひとりである。

赤いバンダナに、背中に「悪」の一文字が記された白胴着。どこにいても目立つこの青年は、華やかな新郎新婦を遠目に「おお、いいねェ！」と楽しげな声を上げていた。

「目出度《めでて》ェな！　見ろよ！」

「へえ。文明開化も捨てたもんじゃないわねえ」

左之助の脇で、高荷恵《たかにめぐみ》が感心したように呟《つぶや》いた。

普段は医者として冷静沈着な彼女だが、今日は少し趣《おもむき》が異なっていた。その切れ長の目はどこか少女のように楽しげに、花嫁の豪奢《ごうしゃ》な衣装へと向けられている。

「白無垢《しろむく》が当たり前だと思ったけど、西洋風も一度は着てみたいわ」

「たく女ってのはよぉ。何回着る気だ、図々《ずうずう》しい」

鼻を鳴らす左之助にはまるで目を向けず、恵はうっとりとした表情を浮かべていた。

「でもやっぱり髪は文金高島田《ぶんきんたかしまだ》ねえ」

「文鎮？　頭に載っけるのか？」

とぼけたことをいう左之助の頭を、恵が苦笑しながらポンと叩く。

左之助と恵の他愛《たわい》ないやりとりに、緋村剣心《ひむらけんしん》はふと頬が緩むのを感じていた。

皆、変わらないな――と思う。

志々雄真実が引き起こした動乱が一段落し、薫《かおる》や左之助らと共に東京に戻ってきたのがつい先月のこと。世間は志々雄の企《たくら》んでいた動乱などつゆ知らず、変わらぬ日々を享受しているように思われる。

志々雄の計略により、一時は「人斬り抜刀斎」として指名手配、処刑までされかけた剣心だったが、それも事なきを得た。

志々雄真実の死後、明治政府と警察は「人斬り抜刀斎は死んだ」と公式に宣言したのだ。内務卿《ないむきょう》、伊藤博文《いとうひろぶみ》の計らいがあったのだろう。おかげで、剣心は無罪放免となった。神谷《かみや》道場の居候《いそうろう》が逮捕されたのは、なにかの間違いだった——市井《しせい》の人々の認識は、そういうところに落ち着いたのである。

志々雄一派が壊滅したことにより、明治政府はなんとか体裁《ていさい》を保つことができた。東京も京都も、従前と同じ秩序が保たれている。

もっとも、政府とて現状に甘んじているわけではない。知り合いの警官から、剣心はそういうふうに聞いている。

警視局では、先の京都、および浦賀《うらが》での一件を受け、有事への備えを始めたらしい。警官の武道技術の向上を図るため、「巡査教習所」という訓練機関を設置したのである。

この巡査教習所では、主に剣術の教練が行われるという。名高い剣術道場から指導者を招き、撃剣世話掛《げきけんせわがかり》として警官の指導に当たらせるのだ。

この点、剣心が居候する神谷道場も、近隣では有名な道場である。

特に数か月前のニセ抜刀斎事件以降、神谷活心流《かっしんりゅう》の教えを請う者が急増しているのだ。

門下生の数は三十名を越える。今ではもう大道場のひとつだ。

そんな神谷道場に警察から指導の声が掛かったのも、当然なのかもしれない。

本日は、その巡査教習所の初指導が行われることになっている。

そういうわけで剣心はじめ神谷道場の食客一同は、麴町《こうじまち》にある巡査教習所へと向かっているところなのである。

剣心は、今日の主役——神谷活心流師範代《しはんだい》、神谷薫にちらりと目を向けた。

「……」

薫は、じっと花嫁行列を見つめていた。

よく整った目鼻立ち。頭の後ろで結んだ長い髪。剣術で鍛えたしなやかな細身には、落ち着いた柄の着物がよく似合っている。

薫には、剣に対するひたむきな情熱と、剣術小町《けんじゅつこまち》と呼ばれるほどの愛嬌《あいきょう》の良さがある。きっと警官たちにも、いい指導者として歓迎されるだろう。剣心はそう思っている。

しかし今、花嫁行列を見つめている彼女はいつもとは様子が違っていた。薫は手にした草団子に口すらつけず、ぼんやりと呆《ほう》けたような表情を浮かべている。

左之助が「おい」と薫に声をかける。

「薫。なにボーっとしてんだよ」

薫は「えっ」と目を丸くする。

「どーせ、剣心との祝言とか考えてんだろ」

門下生の明神弥彦《みょうじんやひこ》に鼻で笑われ、薫はむっと頬《ほお》を膨《ふく》らませた。

「子供がなに生意気言ってんのよ」

薫に思い切り肘でドツかれ、弥彦は「っと」と体勢を崩した。それでもなお、左之助と一緒にニヤニヤと笑みを浮かべている。

弥彦の態度も相変わらずだ。十歳そこらの子供だというのに、大人に対してもまるで臆した様子はない。剣の師匠《ししょう》であるはずの薫にも、無遠慮《ぶえんりょ》に言いたい放題悪態をついている。

弥彦は「ったく、迷惑だろ」と、意趣返《いしゅがえ》しのように薫を突き飛ばした。

薫は「わっ!」とよろけて、剣心の胸元へと飛びこんでしまう。

「ね、ねえ? 剣心」

顔を上げた薫は、どこか困ったような表情を浮かべていた。

せっかく花嫁衣装を楽しんでいたのに、弥彦に茶化されたせいで興が削がれてしまった……のだろうか。

「確かに、綺麗《きれい》なものでござるな」

剣心はそういって薫に気を遣ったつもりだったのだが、なぜか薫の表情は晴れなかった。そういうことじゃないのに、と眉《まゆ》を顰《ひそ》めてしまう。

「おろっ？　薫殿、どうしたでござるか？」

薫は剣心から顔を背け、さっさと歩いていってしまった。

どういうことだろうか。剣心は視線で恵に助けを求めたのだが、

「自分で考えなさい」

恵は呆《あき》れたような顔で言い捨て、薫を追いかけていってしまう。

剣心は「おろ」と首を傾《かし》げることしかできなかった。

※

巡査教習所は、鍛冶橋《かじばし》の大道場、前川《まえかわ》道場を貸し切る形で行われている。

道場内には、沸き立つような若い熱気が充満していた。

胴着姿の警官たちが竹刀《しない》を握り、「うおおっ！」「いやあっ！」と弾けるような気合いをこめて素振りを繰り返している。

彼らを指導しているのは、薫をはじめとする近隣の道場主たちである。その中の数名は剣心にも面識があった。神谷活心流の出稽古《でげいこ》で、幾度か顔を合わせたことがあるからだ。

前川道場の師範、前川宮内《みやうち》は、訓練に励《はげ》む警官たちの姿を見て、警察幹部たちと満足げに頷《うなず》き合っていた。

「ようやく始まりましたなあ」

「実に喜ばしい」

前川老人が、「はっはっは」と破顔《はがん》する。

中越流《ちゆうえつ》の開祖であるこの老人は、江戸《えど》二十傑《にじゆっけつ》のひとりにも数えられる剣豪である。齢《よわい》六十を過ぎながらも、剣客としての熱意は衰えることはない。かつて剣心が薫と共に出稽古に赴《おもむ》いた際には、直々に手合わせを申し入れられたほどだ。

「前川さん。浦村《うらむら》署長も」

剣心が軽く会釈《えしやく》をすると、向こうも気づいたらしい。前川老人は「おお」と目を丸くして、剣心の方へと近づいてくる。

「うちの道場からも何人か撃剣世話掛に呼ばれましてな」

「そうでござるか」

「維新《いしん》からはや十二年、今の若い連中はほとんどが戦《いくさ》を知らない」

前川老人が、皺《しわ》だらけの顔をしかめる。訓練に励む警官たちを眺める彼の表情には、憂《うれ》いの色が浮かんでいた。

「政府は台湾《たいわん》出兵後、朝鮮《ちょうせん》も開国させた。先の琉球《りゅうきゅう》処分では清国に琉球が日本のものであると交渉を続けています。いつ清国と事が起こっても不思議ではない」

だからこそ、若者たちには必要な強さを身につけてもらわねばならぬのですよ――。前川老人は、そう言葉を締めくくり、剣を振る若者たちの元へと向かった。

立派な志《こころざし》を持った御仁《ごじん》だ。剣心は素直に感心する。

廃刀令《はいとうれい》の施行以降、かつて剣客だった者たちの肩身はますます狭くなっている。時代の流れに対応出来ず、宿無《やどな》しや賊《ぞく》に身を落とすような者まで出ている状況なのだ。

そんな中でこの前川老人の目は、しっかりと今を見据えている。この新たな時代の中で、剣の果たすべき役割を捉えている。

若者たちを導く者としては、最適な人選だろう。こういう御仁には、出来るだけ長く現場で後進の育成に努めてもらいたいものである。

前川老人の指導を遠目に見守りながら、剣心はふっと口元を緩《ゆる》めるのだった。

※

東京警視本署所属の巡査、小泉《こいずみ》は、強い不満に顔をしかめていた。つい先ほど上層部から与えられた命令が、まるで納得できるものではなかったからだ。

――雪代縁《ゆきしろえにし》の身柄を解放せよ。

雪代縁とは、現在小泉が同僚たちと共に連行中の犯罪者である。

この青年は二十歳《はたち》そこそこの年齢ながら、上海マフィアの首領として、武器の密売に手を染めているらしい。物静かにも見えるが気性は荒く、逮捕の際には激しい抵抗を見せたという。警官隊も多数名が重傷を負わされたと聞いている。

この男が正真正銘《しょうしんしょうめい》の悪党であることは間違いない。

なのに、どうして身柄を解放しなければならないのか。

隣を見れば、雪代縁本人は平然とした表情を浮かべている。小泉らに腕を拘束《こうそく》されているにもかかわらず、まるで散歩にでも向かうような軽い足取りだった。

不本意ではあるが――平巡査の自分が面と向かって上の命令に逆らうわけにもいかない。

小泉は雪代縁を連れ、警視庁庁舎の門までやってきた。

門の側には、立派な馬車が一台、夕日に照らされ停まっている。馬車の近くに控えているのは、中華風の道士服に身を包んだ男たちだ。清国の領事館員である。

領事館が身柄の引き取りに出てくるなど、まるで政府の要人のような待遇である。

雪代縁は、領事館員たちに向けて中国語で呟《つぶや》いた。

『御足労《ごそくろう》をおかけします』

『手間をかけさせやがって』

領事館員が鼻を鳴らす。

小泉が「ご確認をお願いします」と領事館員らに書類を手渡すと、彼らは軽く目を通し、顎《あご》をしゃくってみせた。さっさと雪代縁の身柄を自分たちに引き渡せ、ということだろう。

小泉はしぶしぶ、雪代縁の拘束を解いた。

領事館員たちの背後にいた礼服の中年男が「ありがとうございます」と頭を下げた。おそらく、雪代縁の配下の男なのだろう。

雪代縁は平然とした表情で馬車に乗りこみ、そして小泉に目を向け唇の端を吊り上げた。まるで自分たちを——日本警察を小馬鹿にするかのように、醜悪《しゅうあく》な笑みを浮かべたのだ。

小泉は殴《なぐ》りかかりたい気持ちをぐっとこらえ、唇を噛《か》みしめる。書類を手渡した時点で、すでにこの男は清国政府の保護下に入った。これ以上の手出しは許されない。

小泉はただ、馬車が去っていくのを見守ることしかできなかった。

※

雪代縁の処遇に不満を持っていたのはなにも平巡査だけではない。

斎藤一もまた、強い疑問を感じていた。なにせ、あの男には部下が何人も病院送りにされているのである。すぐに斬らねばならぬ「悪」であることは疑いない事実だ。

しかし、あの男はつい先ごろ、身柄の拘束を解かれたという。斎藤はそれを知るなり、大警視の執務室へと怒鳴りこんでいた。

「上海マフィアの頭目を釈放したそうだな。どういうことだ」

斎藤が詰問すると、大警視、川路利良《かわじとしよし》は苦々しい表情を浮かべた。

「釈放ではない。日清修好条規《にっしんしゅうこうじょうき》に従って清の領事館に引き渡しただけだ」

「この国の法を破っておいて、なぜ清が裁く」

「それが領事裁判権だ。向こうの日本人も同様に守られておる」

大警視の苦し紛《まぎ》れの回答に、斎藤は「ふん」と鼻を鳴らした。

もちろん領事裁判権については知らぬわけではない。それが国家間のバランスを保つものであることも十分理解している。

しかし、法は形式上の正義でこそあれ、所詮《しょせん》理屈でしかない。世の中には、法に則《のっと》ったままでは裁けない悪党も存在するのだ。正義を為《な》すためには、理屈抜きで剣を振るわねばならないこともある。それは、幕末の京都で学んだ真理だ。

斎藤が黙りこんでいると、ノックの音が響いた。

川路が「入れ」と告げる。するとすぐに扉が開かれ、「失礼しまーす」と、場違いなほどに明るい声色が響いた。

部屋に入ってきたのは、えらく個性的な見た目の男だった。髪色は蛾《が》のように毒々しい色を帯び、額に派手な布当てを巻いている。礼服こそ身につけていたが、山賊のようなその顔つきは堅気《かたぎ》の男とは思えない。

男は斎藤を見て、ニヤニヤと軽薄そうな笑みを浮かべていた。

なんとも阿呆《あほう》そうな奴だ、と、斎藤は思う。特に腰と背中に二本ずつ刀を差しているあたりなど、無駄でしかない。知性の足りなさを感じてしまう。

こんな男が、なぜ警視庁に出入りをしているのか。

川路に目を向けると、「覚えてるか」と口を開いた。

「志々雄の十本刀《じゅっぽんがたな》の一人、刀狩りの張《ちょう》だ。あれ以来、我々の密偵として働いてもらっている」

それで斎藤は「ああ」と思い出す。

確かに、志々雄の配下にこんな男がいた。抜刀斎に喧嘩《けんか》を仕掛けた挙げ句、返り討《う》ちに遭《あ》った下《した》っ端《ぱ》である。京都で捕らえて尋問した際には、すぐにベラベラと情報を喋ってい た。忠誠心の欠片《かけら》もない男である。

こんなのを密偵として使わねばならぬとは、警察の人員もまだまだ不足しているということか。

「その節はおおきに」

沢下《さわげ》条《じょう》張が笑顔を浮かべ、斎藤に右手を差し出した。

握手に応えてやる義理などない。斎藤は張を無視し、煙草《たばこ》に火をつけた。

「簡単に寝返る奴は信用できん」

張はおどけた様子で「おお、怖っ！」と肩を竦《すく》めている。この軽さが、斎藤はどうも気に入らない。

川路はこほん、と咳払《せきばら》いをひとつして、斎藤に告げた。

「あいつを泳がして上海の動きを探る。頼んだぞ」

川路の「頼んだぞ」とは要するに、自分に張の面倒を押しつけるつもりということだ。

いくら斎藤でも、警視局の長《おさ》である川路の命令に対する拒否権はない。

斎藤は舌打ちをひとつして、川路に背を向けた。

上海マフィアの件は、ただでさえ一筋縄《ひとすじなわ》ではいかない事件《ヤマ》なのだ。こんな男の世話に割くような余裕はない。

後ろから「よろしゅう頼んます」とついてくる張を無視しながら、斎藤は執務室を出た。

※

東京、浅草の牛鍋屋《ぎゅうなべや》「赤《あか》べこ」といえば、押しも押されもせぬ人気店である。

文明開化以来の牛鍋人気は衰えを知らず、連日連夜、客の入りはほぼ満員。赤べこは浅草界隈《かいわい》の牛鍋ブームを牽引《けんいん》する、食の発信地なのだ。

薫もまた、この店の開店当初からの常連だった。道場に入り浸る食客連中を連れ、しょっちゅう店に顔を出している。

店員も顔見知りで、いろいろ融通《ゆうずう》を利《き》かせてもらっている。左之助など、頼んだ鍋の具材にまだ火が通っていないというのに、追加注文をしている始末だった。

「おーい、どんどん持ってきてくれよ！　足んねェぞこれじゃ！」

厨房《ちゅうぼう》から、店員の妙《たえ》さんの「ちょっと待っててくださいな！」という忙しそうな声が返ってくる。他の客からの注文もひっきりなしで、厨房はてんてこ舞いのようだ。

大繁盛《だいはんじょう》のようでなにより。薫はふっと笑みを浮かべ、目の前でぐつぐつと煮え立っている鍋に目を落とした。

白い葱《ねぎ》に焦げ目のついた豆腐。柔らかそうなお肉。芳醇《ほうじゅん》な醤油《しょうゆ》だれの香りが鼻孔《びこう》をくすぐり、ついついお腹が鳴ってしまう。

「ああ、お腹空いたわね」

「牛鍋は久しぶりでござるな」

剣心がいうと、左之助が「だな」としみじみ頷《うなず》いた。志々雄の一件以来、赤べこはご無《ぶ》沙汰《さた》だったのだ。ふたりとも、鍋が煮えるのが待ちきれない様子である。

食べ盛りの弥彦も、今夜の牛鍋を心待ちにしていたらしい。口の端から涎《よだれ》をこぼしかねない勢いで、煮え立つ鍋を凝視している。

そのとき後ろから「お待たせしました」と声がかけられた。

牛肉の載った皿を持ってきたのは、燕《つばめ》ちゃん——赤べこ最年少の店員、三条《さんじょう》燕だ。

彼女は、薫が席の脇に置いていた胴着に気がついたのか、

「薫さんは、出稽古《でげいこ》から？」

「ええ。今日は巡査教習所で、若い巡査さんたちに稽古をね」

燕は「へえ」と相づちを打ちながら、卓の上に丁寧《ていねい》に皿を置いた。

店が大繁盛で忙しいだろうに、彼女は笑顔を絶やさず仕事に励《はげ》んでいる。本当にいつも一生懸命な子だな、と薫は思う。

「燕ちゃんも、よく働くわね」

「妙さんの人使いが荒くて」

燕が「えへへ」と、冗談交じりに妙の方を一瞥《いちべつ》した。

当の妙は、他の卓へと料理を運んでいるところだった。彼女は鍋を手にしたまま燕の方に向き直り、悪戯《いたずら》っぽく唇を吊り上げた。

「燕も薫さんみたいに、いい人できたら休んでええわよ」

急に矛先《ほこさき》を向けられ、薫は「妙さん、もう！」と、頰《ほお》を赤らめてしまう。つい先日、剣心と交わしたやりとりを思い出してしまったからだ。

志々雄の件が一段落したあと、薫は剣心に告げたのである。抜刀斎だった過去に囚われることなく、新しい時代を生きて、と。

そのとき剣心は、薫にこう応えた。

――薫殿、共に見守ってくださらぬか。

共に……というのはつまり、新しい時代を一緒に見守ってほしい、一緒に生きていってほしい、ということだ。少なくとも、薫はそう思っている。これはもう、ある意味求婚《プロポーズ》のようなものなのではないのだろうか。

薫としても、以前から剣心に対しては単なる居候《いそうろう》以上の感情を抱いている。幾度も危機を救ってくれた恩人であり、薫にとってはかけがえのない相手である。なにせ先日別れを告げられたときなど、わざわざ京都まで追いかけていってしまったくらいなのだから。

この胸のモヤモヤを、単なる気の迷いとして否定することは出来ない。剣心もきっと同じような気持ちなのだと思っている。

妙のいうように「いい人」というのも、あながち間違いではないのかもしれないのだ。

薫がそんなことを考えていると、隣の弥彦が「おお?」と薫の顔を覗《のぞ》きこんできた。

左之助も燕も妙も、ニヤニヤと薫を見ている。

まったく、誰も彼も意地悪だ。薫は「なんでもいいじゃない!」と箸《はし》を手に取り、空気を誤魔化《ごまか》すように鍋に突っこんだ。

「ほら、食べるわよ!」

肉をひとつかみし、口の中へ。しかし勢いに任せすぎたせいか、口内に放りこんだ牛肉はあまりにも熱すぎた。まるで溶岩のように熱々な肉が口の中で転がり、薫は「うひゃう！」と咽《む》せてしまう。

燕たちにとってはそれが余計に面白かったのか、「あはは」と笑われてしまった。

「なにガッツいてんだよ」「落ち着けってんだよ、薫」

弥彦も左之助も、薫に生暖かい視線を向けている。

薫は「落ち着いてるわよ」と彼らをひと睨《にら》みして、げほん、ごほん、と咳をした。せっかくの牛鍋だというのに、これでは散々だ。恥ずかしいったらありゃあしない。

薫は、ちらりと剣心に目を向けた。

剣心はひとり、我関せずといった表情で牛鍋をつついていた。薫の視線に気づき、「おろっ？」と首を傾《かし》げている。

呑気《のんき》というか気楽というか、剣心は平常通りのようだ。薫の動揺《どうよう》など、まるで気がついていないのかもしれない。

でも、と薫は思う。剣心はこういう顔をしているときの方が、らしくていい気がする。出来ればずっと、剣心にはこのままでいて欲しい。

心の底から、そう思うのだ。

※

上野山《うえのやま》に、一陣の夜風が通り過ぎた。

この山頂からは、下町の夜景が一望出来る。麓《ふもと》の不忍池《しのばずのいけ》の水面には周辺の街灯が反射し、きらきらと幻想的な輝きを放っていた。

綺麗《きれい》なものだ——と、雪代縁は嘆息《たんそく》する。

かつての江戸は明治維新によって生まれ変わり、百万の民が暮らす首都、東京となった。この街は明治政府主導のもと、西欧列強《せいおうれっきょう》から伝わった技術により、ますます近代化を遂《と》げようとしている。

だが、そんな近代化など所詮《しょせん》はまやかしに過ぎない。発展の背後には、犠牲《ぎせい》になった者たちの屍《しかばね》が堆《うずたか》く積まれている。明治政府は、維新の犠牲者のことなどなにひとつ顧《かえり》みようともしていないのだ。

がしゃん、がしゃん、がちゃり。

縁の背後では、先ほどから金属音が響いていた。音の主は鯨波兵庫《くじらなみひょうご》だ。鯨波は木の根元でその大柄な身体《からだ》を丸め、丸太のような太い腕に大砲を接続している。

鯨波は戊辰《ぼしん》戦争の折、右腕の肘から先を失っている。鳥羽伏見《とばふしみ》の戦いで斬り落とされたらしい。

あの当時、戦場で身体が不自由になるのはそう珍しい話でもなかった。幕府側、新政府側問わず、現在でも多くの士族《しぞく》たちが義手や義足に頼った生活をしている。

鯨波も、そんな士族のひとりだった。だが、彼が今夜身につけようとしているのは、義手ではない。大口径のアームストロング砲を装着することを選んだのである。

自らの腕を斬り落とした仇敵《きゅうてき》、緋村抜刀斎への復讐《ふくしゅう》を果たすために。

「ふぐっ……ぬううおおおッ！」

鯨波は大砲を腕に固定しながら、苦悶《くもん》の唸《うな》りを上げていた。

無理もない。このアームストロング砲は薬室含めて全長二メートル強、総重量は四百キロ近くにも及ぶ。本来ならば、砲兵が数人がかりで使用する代物《しろもの》なのだ。それを片腕で扱うには、常人をはるかに超える膂力《りょりょく》が必要とされる。

この大砲を身ひとつで持ち上げられるというだけでも、鯨波は超人の域に達しているといえるだろう。

鯨波の背中を見守っているのは、縁の他にも数名。

ここに集《つど》った者たちは、いずれも常人を超えた猛者《もさ》ばかりだ。

甲鉄《こうてつ》の手甲《てっこう》を装着した偉丈夫《いじょうふ》、乾天門《いぬいてんもん》。

奇怪な笑みを顔に貼り付けた男、乙和瓢湖《おとわひょうこ》。

両腕に鉤爪《かぎづめ》を付けた寡黙《かもく》な忍《しのび》、八ツ目無名異《やつめむみょうい》。

鯨波を含め、彼ら四人は縁にとっての同志だった。主従もなければ上下もない。金銭による関係でもない。ただ「復讐」という目的の下に集った、対等な仲間たちである。

ふと足元を見れば、木の葉が舞いはじめていた。

風が強くなってきている。そろそろ頃合いだろう。

鯨波も、ようやく準備が整ったようだ。

「……うおおおおおッ！」

彼は鷹揚《おうよう》に立ち上がると、側の巨木に背中を預けた。

ぐっと持ち上げた右腕の先には、黒光りする大砲の砲身。世界最強の武器と一体化した鯨波はまさに、武身合体とでもいうべき雄々《おお》しき姿である。

縁は、ふっと唇の端を歪める。

「さあ、鯨波サン。復讐開始の狼煙《のろし》を」

鯨波は無言で頷《うなず》き、まっすぐ前へと目を向けた。腰を低く落とし、その巨体をアームストロング砲の発射台へと変える。

「ふううう……ぐうううおおおお！　あああああああッ！」

鯨波の咆哮《ほうこう》と共に、山全体を揺るがすような轟音《ごうおん》が鳴り響いた。同時に、鯨波の右腕から目が眩《くら》むような閃光《せんこう》が放たれる。

闇を切り裂く砲弾は、新時代に対する宿怨《しゆくえん》の一撃。

乾が「ふん」と鼻を鳴らし、乙和が「ひゃははは！」と甲高《かんだか》い笑い声を上げる。八ツ目はただ、じっと黙っていた。

縁は砲弾の軌道を見つめ、冷たい笑みを浮かべる。

あの日から十四年。ようやくこの時がやってきた。

待っていろ、抜刀斎。

二.

浅草《あさくさ》通りの賑《にぎ》わいは、昼夜を問わない。瓦斯灯《ガスとう》の下、酔っぱらいたちが大声で騒ぎ合い、飲み屋は元気に呼びこみをやっている。すでに夜九時を回っているにもかかわらず、通りの喧噪《けんそう》はまったく衰えてはいなかった。

赤《あか》べこからの帰り道を、剣心《けんしん》はゆっくりとした足取りで歩く。

神谷《かみや》道場の食客一同も、久しぶりの牛鍋《ぎゅうなべ》に満足したのだろう。薫《かおる》も弥彦《やひこ》も、満ち足りた顔で歩いていた。

左之助《さのすけ》も「いやあ、食った」と膨《ふく》れた腹を撫《な》でている。

薫は「食べ過ぎよ」と肩を竦《すく》めたのだが、左之助の方は「次は甘味か?」などと笑っていた。この男にしてみれば、まだまだ足りないに違いない。

薫は弥彦に目を向け、

「アンタも、お肉ばっか食べ過ぎ」

「お前も顔、真っ赤っかにしてただろ」

弥彦の軽口に、薫は「五月蠅《うるさ》いわね」と口を尖らせている。

皆のやり取りを見て、剣心はふっと頰《ほお》を緩《ゆる》めた。

自分はちゃんと、日常に帰ってこられた。それが心底、ほっとするのだ。

志々雄《ししお》を倒すことを決めたとき、神谷道場には二度と戻らないつもりだった。たとえ命を捨ててでも、必ず目的を果たす――。あのときの剣心は、そんな決死の覚悟で京都に赴《おもむ》いたのである。

しかし、その考え方は間違いだった。己の命を軽んじる者に、自身の真の力を引き出すことはできない。大切なのは、生きようとする意志なのだ。

それに気づくきっかけになったのは、師匠《ししょう》、比古清十郎《ひこせいじゅうろう》の言葉と、この神谷道場の仲間たちだった。

過去のために死ぬのではなく、大切な人々のために、未来のために生きる。

剣心はその思考に至ったからこそ、飛天御剣流《ひてんみつるぎりゅう》の奥義の会得《えとく》に成功し、志々雄を打倒することが出来たのである。

だからこそ、と剣心は思う。自分は、仲間たちを守らねばならない。このかけがえのない日常を守らねばならない。なにがあろうと、必ず。

ふと、左之助が訝《いぶか》しげに顔を覗《のぞ》きこんできた。

「なんだよ、浮かねェ顔して？」

「いや、そんなことないでござるよ」

剣心はそう応えたのだが、左之助にはあまり納得した様子はなかった。この男なりに心配してくれているのだろう。剣心の背中を叩き、けらけらと笑う。

「そろそろ平和に慣れろってんだよ」

なるほど、と剣心は思う。

平和に慣れる。それも確かに、自分には欠けていたのかもしれない。いつまでも怖い顔をしていては、周りに心配をかけてしまう。

「んで、どうする？　あんみつか？」

左之助が笑いかけたその時。

どおん、と、耳をつんざくような激しい音が響いた。

薫が「えっ？」と眉《まゆ》を顰《ひそ》める。

「なに？　今の轟音？」

剣心には、音の正体に心当たりがあった。あれは幕末の戦場でよく響き渡っていた音
——大砲の爆撃音だ。

音がしたのは自分たちの背後、浅草の中心街の方からである。

目を眇《すが》めれば、黒い煙が立ち上っているのが見える。砲撃によって、火の手が上がっているようだ。カンカンカン、と半鐘《はんしょう》が打ち鳴らされる音が聞こえてきた。

こんな場所で砲撃とは……。いったいなにが起こったというのか。

剣心が左之助たちと顔を見合わせていると、大勢の足音が聞こえてきた。腰に刀を帯びた警官隊が、煙の上がる方へと急いでいる。

「どけえ！　道を空けろ！」

警官隊を指揮しているのは、短髪に丸眼鏡《まるめがね》、どじょう髭《ひげ》の中年男だった。日々の治安維持業務の苦労がにじみ出ているようなその瘦《や》せた顔には、剣心も見覚えがある。

地元の警察署長、浦村《うらむら》だ。

浦村は剣心の姿を認めるなり、息せき切って近づいてきた。

「緋村《ひむら》さん！　緋村さん！」

「署長殿……？」

浦村の様子は尋常《じんじょう》ではなかった。額に玉の汗を浮かべ、青い顔をいっそう青くしている。警察ですら予期していなかった事態が起こったに違いない。

左之助が横合いから「署長、どういうことだ」と口を挟んだ。

「何者かが上野山《うえのやま》から市街地に砲撃を！　赤べこという牛鍋屋が被害を受けました！」

「赤べこだと!?」

左之助が声を荒らげた。自分たちがついさきほどまで飲み食いしていた場所なのだ。そこが爆撃されたというのだから、驚くのも当然である。

薫も弥彦も恵《めぐみ》も、一様に「まさか」という顔を浮かべている。

浦村は深刻な表情で続けた。

「これより、周辺警察を総動員して上野山を囲みます！　第二撃、三撃があるやもしれません！　くれぐれもご注意を！」

浦村は剣心に頭を下げ、警官隊たちの指揮へと戻った。

こうしてはいられない。剣心は腰の帯をしっかりと締め直し、薫たちへと向き直った。

「拙者《せっしゃ》は署長と上野山へ向かう！　みんなは赤べこへ！」

「剣心、俺も行く！」

そういう左之助にこくりと頷《うなず》き返し、剣心は駆けだした。

狼狽《うろた》える人々の間隙《かんげき》を縫《ぬ》うように走り、一路、上野山へ。

敵が何者なのかはわからない。しかし、なんの罪もないはずの牛鍋屋を一方的に爆撃するなど、まともな神経の持ち主でないことだけはわかる。

いったいなにが起こったのか。なにが起ころうとしているのか。

剣心はぐっと唇を引き結び、混乱の夜を駆ける。

※

赤べこにたどり着くなり、薫は息を呑《の》んだ。

数年来慣れ親しんだ店舗《てんぽ》が、赤々と燃え上がる業火に包まれている。その光景はまるで、闇の中に浮かんだ巨大な篝火《かがりび》だった。

周囲に響くのは、人々の悲痛な声と恐ろしげな半鐘の音色。舞い上がる黒煙と灰塵《かいじん》の中、火消しや警察隊たちが必死の消火作業を行っていたが、成果は今ひとつのようだ。くみ上げた川の水をいくら放水しても、火の手が回る勢いを抑えられないのである。

「くそっ……！」

弥彦は、血相を変えて群衆の波に分け入っていた。薫が「弥彦！　待ちなさい！」と止めても、弥彦はその手を振り払ってしまう。遮二無二《しゃにむに》、燃える店舗に近づこうとしているのだ。

「なんだよ、これッ……!?」

弥彦が狼狽《ろうばい》するのもわかる。瓦礫《がれき》の中から運び出されている被害者たちは、皆、目を覆《おお》いたくなるような姿になり果てていたのだ。

皮膚《ひふ》が焼け爛《ただ》れた者。倒れた建材に挟まれ、身体《からだ》の一部を失った者。もうすでに動かなくなってしまった者の姿もある。

――こんなの、非道《ひど》すぎる……！

薫は荒い息を吐きながら、きょろきょろと周囲を見回した。

「妙《たえ》さん、燕《つばめ》ちゃん……！」

彼女たちの姿はまだ見つからない。無事に逃げてくれたのならばいいが、まだ燃える建物の中に取り残されている可能性もある。

果たして、無事でいてくれるだろうか。

※

不幸中の幸いというには被害は甚大《じんだい》だが、街を襲った砲撃は赤べこに直撃した一発のみだった。

安全が確保されたことを確認した後、浦村は警察隊を率《ひき》いて上野山の山頂を目指した。

砲撃の発射地点が、この山の頂上だと踏んだのである。

剣心や左之助も、彼らに同行することにした。

しかし一同が山頂に到着したとき、そこには誰の姿もなかった。砲撃を行った下手人《げしゆにん》は、すでに逃走した後だったようだ。

浦村はすぐに部下に指示を出し、現場検証を行うことにしたようだ。

足跡はないか。不審な遺留品が残されてはいないか。下町を見下ろす開けた場所を、数十人の警官たちがじっくりと調査している。

「……おいちょっと、こっちを照らしてくれ」

ふと浦村が足を止め、腰を屈めた。

彼のすぐ目の前には、幹の中程から折れた巨木がある。その幹に巻かれていたのは白地の注連縄《しめなわ》。おそらく、この山で祀《まつ》られていた神木なのだろう。

浦村は、「ふうむ」と眉をひそめた。

「へし折れた神木が一つ。大砲は台座の跡すらない」

ぱっと見には不可思議な状況だが、剣心にはひとつ、気がついたことがあった。折れた神木の根元に、地面が大きく抉《えぐ》られたような痕が残されていたのである。

痕の大きさは算盤大《そろばんだい》。よく見れば、足跡のようにも見える。かなり大柄な人物の足跡だ。

剣心は浦村に告げる。

「おそらく、この神木を反動止めにして発射したのでござろう」

神木を背にして、大砲を肩に担《かつ》いで発射したとすれば、こういう足跡が残るはずである。

かなりの筋力を必要とするだろうが、出来なくはないはずだ。

しかし左之助は、どうも腑《ふ》に落ちないようである。

「仮にそのやり方で撃てたとしても……だ。ここから赤べこを撃つなんて不可能じゃねえのか？」

確かに左之助のいうことにも一理ある。この山頂から赤べこまでは、相当の距離がある。ぎりぎり目視出来るかどうか、というくらいだ。並の腕では砲撃は不可能だろう。

しかし、と剣心は思う。幕末の戦場には、並外れた腕を持つ砲兵たちもいた。事実、鳥《と》羽伏見《ばふしみ》の戦いの際、薩長《さっちょう》連合軍は長距離砲撃を得意とする幕府方の砲兵隊に苦しめられたのである。

もしも今回の一件にそういう者たちが関与していたとしたら——赤べこへの砲撃とて、決して不可能な話ではないだろう。

と、そのとき。

「……署長！　署長！」

若い警官が何かを見つけたらしく、浦村のもとに慌てて駆け寄ってきた。

浦村が「なんだ!?」と眉を顰《ひそ》める。若い警官は「こんなものが」と、手にしたものを浦村に手渡した。

それは、書道用の半紙だった。何かが書かれている。

浦村が紙を広げ、剣心や左之助もそれを横から覗《のぞ》きこんだ。

中に書かれていたのは、「人誅《じんちゅう》」――その二文字だけ。その荒々しい筆致には、強い憤《いきどお》りがこめられているようにも思える。

「『人誅』……。意味がわかりませんね。天誅の書き損じか」

首を傾《かし》げた浦村に、剣心は「いや」と首を振る。

「天誅とは、『天に代わってその裁きを下す』――。維新志士《いしんしし》、とりわけ人斬りが好んで使った言葉だ」

かつては自分もそうだった。幕末、剣心が「人斬り抜刀斎《ひときりばっとうさい》」だった頃、標的を斬ったあとには、必ず現場に斬奸状《ざんかんじょう》を残したものである。

そうした斬奸状にはほぼ必ず、「天誅」という言葉を記した。標的の殺害は、天が望んでいることなのだと――新時代を築くためには必要な犠牲《ぎせい》なのだと、己に言い聞かせるようにして。

浦村が、「ふうむ」と唸《うな》る。

「ならば、人誅とは？」

「たとえ天が裁かなくとも、己が必ず裁きを下す……そう言いたいのでござろう」

「なるほど」浦村の眉間《みけん》に、深い皺《しわ》が刻まれる。「やはりまだ維新政府に不満を持つ不穏分子はいるというわけですか。こうしてはおられませんな」

浦村は部下に向き直り、捜索続行の指示を出した。山頂以外の場所にも下手人の遺留品がないか、調べるつもりなのだろう。警官隊を引き連れ「徹底的に調べ上げろ！」と、麓《ふもと》の林の方へと向かった。

浦村の後ろ姿を見送りつつ、剣心は先ほどの文字の意味について考える。

維新政府に不満を持つ者が、今回の事件の下手人である――。しかし、そうだとするならば、その者はなぜ赤べこを狙ったのか。

赤べこは、近所の住民たちから愛されている立派な店だ。妙や燕をはじめ、店員たちも皆、人柄のいい者ばかりである。あの店が誰かの恨みを買うなど、考えにくい。

恨みを買っているとすれば、それは店ではなく客の方なのかもしれない。あの店に足繁《あししげ》く通っている常連――たとえば自分たちのような。

「なにか思い当たることでもあるのか？」

左之助が、訝《いぶか》しげな表情を浮かべている。

剣心が「いや」と首を振ったとき、背後で足音がした。

「上海《シャンハイ》から来た男……か」

煙の匂《にお》いが香る。振り向けば、口に煙草《たばこ》を咥《くわ》えた警官の姿があった。

鋭い眼差《まなざ》しに痩《こ》けた頬《ほお》。細い見た目の割りに、よく鍛えられた体格。

斎藤一《さいとうはじめ》だ。この男も警察の応援要員として、捜査のために上野山にやってきたようだ。

「志々雄に甲鉄艦《こうてつかん》を売ったのもその男だ」紫煙《しえん》を吐きながら、斎藤は続ける。「奴がおかしなことを言っていた。『抜刀斎にまだ十字傷はあるか』と」

剣心は眉《まゆ》を顰めた。

斎藤がいうには、武器密売を生業《なりわい》とする上海マフィアの首領が、抜刀斎に関心を持っていたらしい。

上海から来た男。武器密売。大砲による赤べこの砲撃。そして「人誅」――。これらはすべて、ひとつの線で繋《つな》がる事柄なのだろうか。

剣心は目を眇《すが》め、眼下に広がる街を見つめる。

赤べこのある方角からは、黒い煙がいまだに立ち上り続けていた。

※

浅草下町の小国《おぐに》診療所は、修羅場《しゅらば》を迎えていた。

「おい、木綿《もめん》が足らないぞ！　もうないのか⁉」

「用意した分は使い切りました！　持ってきます！」

医師と助手たちが、半ば悲鳴のような声を上げながら慌《あわただ》しく動き回っている。この事態の原因は、つい先ほど発生した、赤べこ砲撃に端を発する火災である。あの火災により、小国診療所には数十名の怪我人《けがにん》が運びこまれたのだ。

これほどの事態が発生するなど、診療所の誰も予期していなかった。病室も寝台《ベッド》も、人の手も足りない。ほとんどの怪我人たちは満足な治療も受けられず、床に横たわり呻《うめ》き声を上げることしかできないのだ。

助手のひとりが慌てた様子で「消毒終わりました！」と恵に報告する。

「晒《さら》しで傷を押さえて！」

恵は助手たちに指示を出しながら、眉間に深い皺を刻んでいた。被害者の多くは、赤べこの関係者である。あの店の常連である恵にとっては、顔見知りも多い。

なぜ、こんな悲劇が起こったのか。一介《いっかい》の医者に過ぎない恵には、それを知るすべはない。自分に出来ることはただ、目の前の患者たちの命をひとりでも多く救うことだけである。

火傷《やけど》を負った老婆《ろうば》の背中に薬を塗りながら、長い夜になりそうだ、と思う。いくら処置をしても患者の数は一向に減っている気がしない。全員に処置が行き渡るまで、果たして彼らの体力は持ってくれるだろうか。

と、そこに、どたどたどた、と乱暴な足音が響いてくる。

病室の戸口を見れば、見慣れたトリ頭がひとり。相楽《さがら》左之助が、息せき切った様子で現れた。

「女狐《めぎつね》！　おい！　こっちは大丈夫か!?」

恵は額の汗を拭きながら、「なんとかやってるわよ！」と左之助に答える。

毎日を気楽に生きているように見えるこの男も、砲撃の被害者の安否が気に掛かったのだろう。珍しく深刻な顔つきで、診療所を見回している。

左之助の視線が、とある病床で留まった。

「燕!?」

その寝台に横たわっているのは、赤べこの店員、三条燕《さんじょう》である。

額と手足の計三か所、大火傷を負っている。処置が早かったぶん命には別状はないが、まだ意識が戻る様子は見られない。

苦しげに呻く燕の枕元では、先輩の妙が沈痛な表情を浮かべていた。

「お客を庇《かば》って逃げ遅れたから、火傷が酷《ひど》うて……」

妙とて無事ではない。割烹着《かっぽうぎ》はあちこち破れ、痛々しい傷痕が顔を覗かせている。

妙と燕を診療所に連れてきたのは、薫と弥彦だった。あのふたりが手を貸してくれていなければ、犠牲者はもっと増えていたかもしれない。

恵は左之助に「薫さんと弥彦君は、今帰ったところ」と告げる。

左之助はこくりと頷《うなず》いた。それから、病室を埋め尽くすように横たわる怪我人たちを見回し、「くそっ」と舌打ちをする。

「……非道《ひで》ェことしやがる！」

左之助が苛立《いらだ》ちに任せ、拳を壁に叩きつけた。

八つ当たりなど大人げないとは思うが、恵には左之助の気持ちもわからなくもなかった。

こんな悲惨《ひさん》な状況を生み出した犯人が目の前にいたら、その頰を思い切りひっぱたいてやりたい。そう思うくらいには、恵も怒りを感じていたのだ。

剣心が赤べこに戻ったとき、建物はすでに瓦礫《がれき》の山と成り果てていた。

火消しや警察たちの奮闘により火は消し止められていたが、救助作業はいまだに続けられている。繁華街《はんかがい》での爆発ということもあり、死傷者の数は計り知れないようだ。

ふと剣心は、幕末の京都を思い出した。街に放たれた炎により、多くの無辜《むこ》の民が犠牲になったことは容易に忘れられるものではない。動乱の時代の最中だったとはいえ、あれはあまりにも惨《むご》い光景だった。

何者かが、あの悲劇を繰り返そうとしている。「人誅」という意思のもと、罪なき人々を犠牲にしようとしている。それは決して許されるべきことではない。

剣心は踵《きびす》を返し、神谷道場へと急いだ。

※

夜の浅草通りを駆け、慣れ親しんだ神谷道場の門の中へ。

半日ぶりに戻ってきた道場は、しんと静まりかえっていた。建物の中にも誰もいない。

皆、まだ戻っていないのだろうか。

なにかあったのかと心配になった矢先、背後でガタリと音がした。

剣心は思わず刀の柄に手をかけたのだが、道場に入ってきた者たちの顔を見て、ほっと緊張を緩《ゆる》める。

「薫殿、弥彦。大丈夫でござるか？」

「ええ。恵さんのところで、怪我した人の様子を見てきたところよ」

薫が頷いた。

見たところ彼女も弥彦も、怪我はないようだ。しかしその代わり、身体《からだ》や着物があちこち、煤《すす》や血で汚れている。怪我人の救助を手伝っていたのだろう。

「燕殿や妙殿は？」

剣心はそう問うたのだが、薫は答えなかった。

弥彦も下唇を噛《か》み、表情を曇らせている。

※

怪我人の処置にあたって、もっとも大事なのは集中力である。小さな失敗が命取りになることさえあるのだから、医者は常に己の状態を最善に保つ努力をしなければならない——。以前、恵が診療所の小国先生から教わったことである。

　恵は目の前の患者の処置を一区切り終え、助手にあとを任せた。

　今夜の修羅場《しゅらば》を乗り切るためには、しばしの休息が要る。恵は席を立ち、愛用の煙管《きせる》一式を手に取った。診療所の中庭へ出て、煙管に火をつける。

「それにしても、いったい誰がこんな酷いことを……」

　ふう、と煙を吐き出しながら、恵は夜空を仰《あお》いだ。暗雲に覆《おお》われた空は、まるで今の診療所の空気のように重苦しい。

　最低な夜だ、と恵は思う。

　赤べこを襲った砲撃。平和だったはずの日常が、一瞬にして地獄と化した。

　助けられなかった者も多い。自分たちも最善を尽くしてはいるが、それでも限界はあるのだ。この街の人間としても、ひとりの医者としても、身近な人々の死はやりきれないものがある。

　恵がため息をついていると、左之助がやってきた。

「……なあ恵、ちょっといいか」

　他の医師や助手同様、この男も疲れた顔をしていた。恵が頼みもしていないのに、患者たちの手当てを手伝っていてくれたからである。根っからのお節介男《せっかいおとこ》なのだ。

　恵は煙管を脇に置き、応えた。

「何よ」

「剣心の頬の傷……ありゃもうかなりの古傷だろ？　どうして消えないんだ？」

恵は「さあ」と、肩を竦《すく》めた。この男はまた、こんなときになにを言い出すのだろう。空気の読めないところは相変わらずだ。

しかし——益体《やくたい》もない話に付き合うのも、とりあえずの気分転換くらいにはなるかもしれない。

恵は一息つき、「ああ、でも」と、腕を組み直した。

「前に小国先生に聞いたことがあるわ」

「なんだ？」

「迷信じみた話だけど、何かしら強い念を込めてつけられた刀傷というのは、その念が晴れない限り消えることはないって」

恵の説明に、左之助は怪訝《けげん》な表情を浮かべている。

当然の反応だろう。恵自身、非科学的な説であるとは思っている。だが実際、恵はかつて剣心本人から十字傷のことを聞いたことがあったのだ。

——この傷は、若い侍につけられたでござる。もうひとつは、その男の妻になるはずの女につけられた傷。拙者《せっしゃ》は、数え切れぬほど多くの命を殺《あや》めたでござる。

あの傷を付けたのは、かつて剣心が〝人斬り抜刀斎〟だった頃、己が手で斬った相手だったという。だとすれば彼の頰の傷には、強い念——たとえば恨みのような感情——が込められていると考えるのも、あながち間違いではないのかもしれない。

強い恨みが、人を縛《しば》る。

あの優しい「剣さん」が、どれだけ重い過去を背負っているのか。恵にはそれを、想像することさえできなかった。

※

剣心が神谷道場に戻り、小一時間ほどが経過していた。

薫と弥彦は建物内で休み支度《じたく》を整えている。ふたりとも顔には出さないものの、心も体も疲弊《ひへい》しているに違いない。今は、ゆっくりと休息をとるべきだろう。

剣心は道場の縁側でひとり、夜の静寂に身を委《ゆだ》ねていた。

脳裏《のうり》を過《よぎ》るのは、上野山に残された「人誅」の二文字。

犯人は強い恨みに囚われている。そうなると、犯行はまだ続くと考えるべきだろう。遠からず、第二、第三の赤べこが出てもおかしくはないのだ。

剣心は意図せず、指先で己の左頬に触れていた。そこにはかつて、強い因縁《いんねん》によって刻まれた十字の傷がある。

人は皆、過去を背負っている。背負っているからこそ、過去に囚われる。過去に囚われ、復讐《ふくしゅう》を企《たくら》む者。

その復讐の対象が明治政府ではなく、剣心個人なのだとしたら――。犯人があえて「人誅」などという挑発的な文言を用いている以上、その可能性は十分にある。

剣心がそんなことを考えていると、誰かが門の外からやってくる気配があった。

現れたのは、仏頂面《ぶっちょうづら》の左之助である。

「まだ起きてたのか」

「……左之」

左之助は剣心の横に、無遠慮《ぶえんりょ》に腰を下ろした。眉間《みけん》に皺《しわ》を寄せ、苛立った調子で口を開く。

「何が起きてるんだ。俺たちの知らねェところでよお」

剣心は黙りこんだ。赤べこの事件は、自分を標的とするものだったのかもしれない――

そんなことを告げたところで、仲間たちをいたずらに不安に陥《おとしい》れるだけなのだから。

しかし左之助は、追及をやめない。

「おい剣心……。薫、弥彦、恵。あいつらに心配をかけたくねェ気持ちはわかる。ああ、よくわかる」

左之助は「けどよう」と、勢いよく立ち上がった。そのまま剣心の胸ぐらをつかみ上げ、ぐっと顔を近づける。

「俺には、話してくれてもいいいんじゃねえのか！」

左之助のまっすぐな眼差しが、剣心に突き刺さる。

この男は、剣心にとって唯一背中を預けられる相棒のような存在なのだ。左之助には、己の考えを伝えるべきなのかもしれない。

だが、しかし――。

剣心が返答に窮《きゅう》していると、ドンドンドン、とけたたましい音が響いた。

道場の門の方からだ。

来客だろうか。こんな夜更けに来客など、普通ではない。

「どうしたの？　なんの音？」

薫と弥彦も、寝間着姿のまま部屋から出てきた。深夜の来訪者を警戒しているのだろう。

ふたりとも竹刀《しない》を手に、怪訝な表情を浮かべている。

剣心は薫を制し、外の様子を窺《うかが》うことにした。よく耳を澄ませば、門の向こうから、か細い声が聞こえてくる。

「……緋村殿、開けて下され！　緋村殿！」

左之助が門に駆け寄り、戸の閂《かんぬき》を外した。

すると扉が開いた途端、血まみれの若い男が門の内側に倒れこんできた。着物はずたずた、全身に酷《ひど》い痣《あざ》が出来ている。穏やかな様子ではない。

剣心は、この若者の顔に見覚えがあった。前川《まえかわ》道場の門下生である。

若者は荒い息を吐きながら、剣心を見上げた。

「は、早くしないと、前川道場が……」

「どうした？」

「やられる……皆殺しだ……！　駆けつけた警官も、まったく歯が立たない……！」

若者の切羽詰《せっぱつ》まった様子に、剣心と左之助は顔を見合わせた。

前川道場でいったい何が起こっているのか。単なる道場破りの類《たぐい》だとは思えない。赤べこの一件と無関係ではないのだろう。

とにかく、人命がかかっている。急がねばならない。

駆けだそうとする剣心と左之助の横で、弥彦が「俺も行くぜ！」と竹刀の柄を握った。

弥彦も弥彦なりに、役に立ちたいと思っているのだろう。

しかし剣心は「いや」と首を振った。

どんな危険が待ち受けているかわからない場所に、弥彦を連れていくわけにはいかない。

剣心とて、無傷で守り切れる保証はないのだ。

剣心は語気を強め、諭《さと》すように弥彦に告げた。

「朝までには戻る。それまでは戸締まりを厳重にし、警戒を怠《おこた》らないように」

弥彦は一瞬眉《まゆ》を顰《ひそ》めたものの、剣心の真剣な顔を見て不承不承《ふしょうぶしょう》頷《うなず》いた。納得はしていないが、理解はした――そんな表情である。

そんな弥彦に背を向け、剣心は門を飛び出した。

左之助も、後をついてくる。

深夜の通りを駆け抜け、隣町を目指す。

あの若者の様子では、前川道場は相当逼迫《ひっぱく》した状況に陥《おちい》っているようだ。全力で急がねば、赤べこ同様、取り返しのつかないことになってしまうかもしれない。

と、そのときだ。

「――緋村さん！」

背後から突然名を呼ばれ、剣心は足を止めた。

声の方を振り向けば、数人の警官たちの姿があった。昼間の出稽古《でげいこ》でも顔を合わせた、顔見知りの者たちである。

こんな遅い時間まで職務に従事しているのは、やはり赤べこの事件のせいだろうか。

それなら都合がいい。剣心は警官に向き直り、告げた。

「すまぬ。浦村署長に、神谷道場や小国診療所に警官を派遣するよう伝えてくださらぬか」

「それが、署長と連絡が取れなくて……。今から直接向かうところです」

警官たちは揃《そろ》って表情を曇らせている。

剣心は息を呑《の》んだ。なにか、悪い予感がする。

なにせあの事件の後なのだ。前川道場だけではなく、浦村署長も、のっぴきならない事態に巻きこまれている可能性が高い。

左之助も同様の想像をしたのだろう。「剣心」と、鋭い目を向ける。

「前川道場は俺に任せろ。お前は署長《ヒゲメガネ》のところへ行け！」

「かたじけない」

剣心が頭を下げると、左之助は「おう！」と力強く頷き返した。こういうときの左之助は、非常に頼りになる。

剣心は警官たちに向き直り、浦村署長宅への案内を請うた。警官たちはそれを快《こころよ》く引き受けると、すぐに踵《きびす》を返し、走り出した。

剣心は彼らの後を追い、浦村署長の元へと向かう。

赤べこ。前川道場。浦村署長。

いずれもこの街で、剣心と深く関わった者たちだ。彼らが標的に選ばれたのは、ただの偶然だとは考えにくい。敵は予想以上に、「緋村剣心」を調べ尽くしている。

間違いなく、敵は自分に強い恨みを持っている。それはいったい何者なのか。

湧き上がる焦燥《しょうそう》感に苛《さいな》まれながら、剣心は夜道をひた走る。

※

どうしてこんなことに――。

浦村は、己に降りかかった災難を嘆《なげ》いていた。

真夜中、浦村宅を襲った凶事。正体不明の男が押し入り、刃物を手に暴れ出したのだ。

侵入者の狼藉《ろうぜき》によって簞笥《たんす》は倒れ、食卓は割られ、襖《ふすま》は切り裂かれた。浦村自身も、二の腕と腿《もも》を切り裂かれてしまっている。

妻と娘はすっかり怯《おび》え、身を震わせ悲鳴を上げるばかりだった。

侵入者はそれを見て、「ヒャハハハハハハッ！」と上擦った笑い声を響かせている。まともな精神の持ち主ではない。

男は、その様相も異様だった。白粉《おしろい》を塗りたくった顔面。長いざんばら髪に白い着物姿。両手にそれぞれ握っているのは、血に塗《まみ》れた巨大な大鎌だ。

月光に照らされた大鎌と同様、その目はギラギラと妖しい光を放っている。

この男はいったい何者なのか。

なぜ浦村の自宅に押し入ってきたのか。

わからないことだらけだが、ひとつだけわかっていることがある。このままでは妻も娘も自分も、この男の手で嬲《なぶ》り殺されてしまうということだ。

浦村は壊れた箪笥の引き出しに手を伸ばし、護身用の武器を引き抜いた。署から貸与されている、回転式拳銃《リボルバー》である。

浦村は銃口を男に向け、叫んだ。

「武器を捨て、お縄に付けっ！　でなくばこの場で射殺するぞ！」

しかし、男にはまるで狼狽《うろた》えた様子はない。銃を構えた浦村を真っ正面に見据え、にやりと口角を吊り上げている。

「愚か者め。この私をそんな武器で倒せると思うのか」

男は大鎌を振り上げ、奇天烈《きてれつ》な笑い声を上げる。

いくら見た目が異様だとはいえ、鎌など所詮《しょせん》は農具に過ぎない。間合いの差を考えれば、銃の方が圧倒的に有利なのは明らかだ。

明らかなはずなのだが――男は余裕の表情を浮かべている。

むしろ気圧《けお》されているのは、浦村の方だった。男の放つ威圧感で、全身から嫌な汗が噴き出てくるのだ。

浦村は「くっ！」と歯噛《はが》みし、引き金を引き絞《しぼ》った。

腹を狙って三発。確実に仕留められる距離だったはずなのだが、浦村の放った銃弾はいずれも男を捉えることは出来なかった。

男の身のこなしは常人のものではない。軽く身体《からだ》を捻《ひね》っただけで、いとも容易《たやす》く浦村の銃撃を躱《かわ》してしまったのである。

浦村は驚きに目を見開いた。

男は銃弾を躱すや否《いな》や、一気に浦村へと距離を詰めてきたのだ。そのまま浦村の眼前で、両手に握った大鎌を振りかぶる。

危ない——と思ったときにはすでに遅かった。気づいたときには浦村の腕は切り裂かれ、大量の鮮血が宙に舞っていたのである。

「あぐ……ああっ！」

一瞬遅れてやってきた鈍い痛みが、全身を突き抜ける。浦村はそれに耐えきれず、その場に膝をついてしまった。

大鎌の刃が、浦村の首にあてがわれる。

「あなたっ！」「お父さんっ！」

妻と娘の顔からは、すっかり血の気が引いてしまっている。ふたりともがたがたと身を震わせ、目の端には涙を浮かべていた。

このままではいけない。なんとしても、家族だけは守らねばならない——。浦村は必死に痛みを堪《こら》え、侵入者を睨《にら》み付けた。

「貴様ッ……いったい……何が目的でっ……！」

しかし、男はなにも答えなかった。答える代わりに愉《たの》しそうに目尻を吊り上げ、手にした大鎌を振り上げたのである。

勢いよく振り下ろされた刃は、浦村の右手の甲を貫通した。手の肉が裂け骨が砕かれ、畳《たたみ》が血に染まる。その激痛には抗《あらが》いようがなく、浦村は「うがあああっ！」と苦悶《くもん》の声を上げていた。

妻も娘も、もはや泣き叫ぶことしかできない。

ただひとり侵入者だけが、「ヒャハハハハハ！」と常軌を逸した笑い声を上げるのだった。

※

同様の惨劇《さんげき》は、前川道場でも繰り広げられていた。

「――どうしたあッ！　もう終わりかあッ!?」

叫んでいるのは、両腕を甲鉄の手甲《てっこう》で覆《おお》った男だった。男の年齢は三十半ばくらい。肌の色は浅黒く、肉体は筋骨隆々。その頭髪は独特であり、絡み合った長い髪が大蛇のようにうねりをみせていた。

その見た目も実力も、ただ者ではない。

道場主である前川宮内《みやうち》は、床に跪《ひざまず》き、荒い息を整えていた。

――強い、強すぎる。

道場の床には、十数人の若者たちがその身を横たえている。前川の門弟《もんてい》や、駆けつけた警官たちだ。中には免許皆伝《めんきょかいでん》を有する実力者もいるのだが、いずれも血に塗れ、虫の息だった。

目の前の鋼《はがね》の男には、誰ひとり敵《かな》わなかった。なにせその強固な甲鉄の手甲は、竹刀《しない》や木刀による攻撃はもちろん、真剣や銃弾でさえ容易く弾いてしまうのである。

「ウルアアアアアッ！　次はどいつだオラアアアアアアッ！」

厄介《やっかい》なのは、男自身も優れた拳法家だったということだ。男の体捌《たいさば》きは素早く、振るう拳は的確に急所を衝《つ》いてくる。鋼の拳から繰り出される正拳突きの威力は凄《すさ》まじく、真剣ですら真っ向から叩き折ってしまうくらいなのだ。

前川もまた、満身創痍《まんしんそうい》だった。男の拳打を受けたせいで、左腕はもう使い物にならず、右腕一本で剣を握るのがやっとという状況である。呼吸すらままならないのは、肋骨《ろっこつ》が数本折れているせいだろう。

手甲の男が前川に顔を向け、顎《あご》をしゃくってみせた。

来いよ、爺《じい》さん——額当ての下から覗《のぞ》いた挑発的な眼差《まなざ》しは、前川を煽《あお》っているようにも思える。

これでも前川には、中越《ちゆうえつ》流開祖としての意地がある。若造に舐《な》められているわけにはいかない。

前川は剣を握り、「おのれえっ！」と床を蹴《け》った。

喉元《のどもと》を狙った決死の中段突きだ。前川はかつてこの技で、江戸中の剣豪たちと渡り合ってきたのである。

しかし、そんな前川の剣技も、目の前の男には通用しなかった。突き出した刀は軽々と手甲に弾かれ、体勢を崩されてしまう。そのまま、がら空きになった胴に反撃の拳をもらうことになってしまった。

ぐあっ、と呻《うめ》き声を上げ、前川は床に崩れ落ちる。

痛みと悔《くや》しさに、視界が滲《にじ》む。

敵は甲鉄の武具を身に纏《まと》っているとはいえ、徒手空拳《としゅくうけん》である。そんな相手に自分は剣で負けた。剣客としてこれほど惨《みじ》めな敗北があるだろうか。

手甲の男は、前川になど興味がないかのように、床に転がっていた酒瓶《さかびん》をあおった。神《かみ》棚《だな》に捧げてあった御神酒《おみき》である。それがなおさら、前川の屈辱《くつじょく》を煽るのだ。

前川は口から血を吐きながら、敵の顔を見上げた。

「き、貴様、何の目的で……」

男は凶悪な笑みを浮かべ、空《から》になった酒瓶を前川に投げつけた。

乾いた音と共に頭蓋《ずがい》が割れ、前川の意識は途絶える。

妻が悲鳴を上げている。

娘がすすり泣いている。

それでも、浦村にはどうすることも出来なかった。謎の侵入者の足元で、呻くだけが関の山だったのである。

※

侵入者は、泣き叫ぶ浦村の家族に目を向けた。

「騒ぐな、騒ぐなァ。寂しい思いはさせん。一家まとめてあの世に送ってやるから安心しろ」

侵入者の残虐《ざんぎゃく》な笑みに、妻や娘は、いっそう怯《おび》えて身を縮こませている。何の罪もない彼女たちが、どうしてこんな仕打ちを受けなければならないのか。

浦村は力を振り絞り、上体を持ち上げた。

「止めろっ！　殺すなら――」

私を殺せ、と続けるつもりだったのだが、それは出来なかった。

言い終わる前に、得体の知れない何かが浦村の胸を突き刺していたのである。さらに大量の血が飛び散り、浦村は再び畳の上に倒れ伏した。

いったい何をされたのか、まったくわからない。

何かの仕掛けか。あるいは妖術の類《たぐい》か。

わかったのは、それが侵入者の仕業《しわざ》だということだけだった。あの男が軽く右腕を振り上げただけで、浦村の胸は抉《えぐ》られていたのである。

激痛の中で、どくん、どくんと鼓動が速まるのを感じる。家族の泣き叫ぶ声が、次第に遠くなっていくようだ。

侵入者はにやりと口角を吊り上げ、大鎌を高く振り上げた。

「俺を恨むなよ。恨むなら——」

浦村の首筋を狙って、大鎌が振り下ろされる。

浦村が死を覚悟したその瞬間、がきん、と金属同士がぶつかる音が響いた。横合いから差しこまれた刀が、大鎌を弾きとばしたのである。

刃と峰《みね》が逆に拵《こしら》えられたその刀は、浦村にとっては馴染《なじ》み深いものだった。

逆刃刀《さかばとう》——。彼が来てくれたのだ。

「——拙者《せっしゃ》を恨め、でござるか」

逆刃刀の持ち主、緋村剣心は、鋭い眼差しで侵入者を睨みつけた。

「悪いがこれ以上、人から恨みを買うのは御免蒙《ごめんこうむ》りたい」

「ほう、左頬《ひだりほお》に十字傷……」

侵入者は、まじまじと剣心の顔を見つめている。どこか壊れたようなその笑みの中には、愉悦《ゆえつ》の色が浮かんでいるような気がした。

浦村の背筋に、悪寒《おかん》が走る。

この侵入者は、得体が知れない。動機も正体も不明なら、使う技さえ謎に包まれているのである。

「緋村さんっ！　そいつはダメだっ!!」

侵入者は叫ぶ浦村を無視し、剣心へと近づいていく。喜色を帯びた目をギラギラと輝かせ、口元を緩《ゆる》ませている。

「……お前がそうか……人斬り抜刀斎、こりゃあいいっ……！」

侵入者は突然、「ヒャハハハハ！」と笑い声を上げながら、両手の大鎌を振り上げた。ひどく嬉々とした様子で、剣心へと身体《からだ》全体で飛びかかる。

対する剣心は冷静に構え、振り下ろされた大鎌を逆刃刀で受け止めた。そして受け止めたまま刀を大きく振り抜き、大鎌ごと侵入者を吹き飛ばしてしまった。

しかし、敵も負けてはいない。侵入者はすぐに体勢を立て直すと、独楽《こま》のようにくるくると身体を回転させながら剣心へと躍りかかる。

「ヒャハァッ！」

上段、中段、下段。連続で繰り出される大鎌の嵐。

剣心はそれらを真っ向から迎え撃ち、すべての斬撃を器用に捌いていた。剣戟《けんげき》の音が響き渡るたびに、剣心は徐々に敵の体勢を崩し、逆に追い詰めていく。

さすがだ、と浦村は思う。緋村剣心という剣客は、やはり他に類を見ない使い手なのだ。これまで警察や明治政府が、彼の振るう剣にどれだけ助けられてきたことか。

幾度目かの鍔《つば》迫《ぜ》り合いの中で、剣心の鋭い蹴りが侵入者の腹を捉えた。

敵は「ぐうっ」と顔を歪め、背後によろける。やはり、闘いの技量は剣心の方が圧倒的に上手のようだ。

剣心は、逆刃刀の切っ先を、まっすぐに敵へと向けた。

「……一つ聞く。拙者はお主の誰かの仇《かたき》でござるか？」

「いい奴だった」侵入者が、口の端を歪めた。「一晩で何人殺せるかを競い合った夜は……ヒャハハハッ！　本当に楽しかった……！」

「お主も人に誇れる人生を生きてきた男ではござらんな」

剣心の侮蔑《ぶべつ》の眼差しに、侵入者は「ヒャハハハッ！」と箍《たが》が外れたような笑みを浮かべた。

「似た者同士ってわけかァ……！」

「復讐《ふくしゆう》が目的なら闘いにはいくらでも応じる。だがこれ以上、他人を巻き込むのはよせ」

そんな剣心の忠告など、侵入者にとっては馬耳東風《ばじとうふう》なのだろう。奇怪な笑い声と共に再び大鎌を振り上げ、剣心へと突進した。

破れかぶれの特攻のつもりだろうか。浦村は一瞬眉《まゆ》を顰《ひそ》めたのだが、侵入者もただ闇雲《やみくも》に近接戦闘を仕掛けるつもりではなかったようだ。

「梅花《ばいか》袖《ちゆう》箭《せん》を食らえッ！」

浦村は一瞬、侵入者の左手の裾《すそ》でなにかが光ったのを見た。

細い針のような金属片――鉄の矢だ。

なるほど、と浦村は思う。あの男は、裾の内側に小型の矢の発射装置らしきものを隠している。さきほど浦村の胸を突き刺したのも、あの矢なのだろう。

暗器使いの殺し屋とは、厄介《やつかい》なものである。いかな武芸の熟達者だろうと、視界の外から放たれた矢を躱《かわ》すのは容易なことではない。

しかし緋村剣心にとっては、それほど難しいことではなかったようだ。

剣心はとっさに身体を捻《ひね》り、至近距離から発射された矢を片手で受け止めてみせた。そのまま前に踏みこみ、侵入者へと肉薄する。

「ヒャッ――ハァッ！」

侵入者は大鎌を振り回しながら、剣心を迎え撃った。斬撃に暗器の矢を巧みに織《お》り交ぜ、攪乱《かくらん》しているのである。

大鎌と矢が織りなす、緩急つけての乱れ打ち。侵入者の独特な戦闘方法には、さすがの剣心も一筋縄《ひとすじなわ》では対応できなかったようだ。着物のあちこちが破れ、掠《かす》り傷があちこちに滲んでいる。

ついに壁際に追い込まれ、剣心は足を止めてしまった。

――危ないッ！

浦村は息を呑《の》んだ。このままでは侵入者の大鎌が、剣心の首を掻《か》き斬ってしまう。

しかし、浦村の予想は見事に覆《くつがえ》された。剣心は身を深く屈めて振るわれた大鎌を躱し、侵入者の懐《ふところ》に潜りこんだのである。

侵入者も、敵がまさか攻勢に出てくるとは思っていなかったのだろう。驚きに目を見開いている。

剣心の振るう逆刃刀が、容赦《ようしゃ》なく侵入者の顔面に叩きこまれた。

「がペッ……!?」

侵入者の細い身体は軽々と宙を舞い、障子《しょうじ》を突き破って隣の部屋へ。よほど剣心の一撃が堪《こた》えたのだろう。受け身を取る暇もなく、家具を粉砕《ふんさい》しながら転げまわった。

やはり、このひとは凄《すさ》まじい――浦村は、命の恩人を見つめ、畏怖《いふ》と安堵《あんど》の混じったため息をつく。

当の剣心は顔色ひとつ変えず、倒れた侵入者を見下ろしていた。

※

相楽左之助は、蹴破《けやぶ》るように前川道場の門に飛びこんだ。

道場内に漂うのは、鼻を刺すような血の臭《にお》い。門弟や師範《しはん》たち、それに警官たちが、半死半生の状態で床に倒れている。

まるで戦地と見まがうばかりの悲惨《ひさん》な光景に、左之助は息を呑んだ。

「おい、大丈夫か!?」

左之助は身を屈め、手近な警官をひとり抱き起こした。

しかし、返事はない。警官は全身に殴打《おうだ》されたような痕が残っており、手足が不自然な方向に折れ曲がってしまっている。

普通、人間の身体はここまで壊れるものだろうか。象を相手に闘ったのでもなければ、こうはならないだろう。

他の者たちも同様だった。いずれも、喧嘩屋《けんかや》の左之助でさえ見たこともないような手酷《てひど》い重傷を負わされてしまっている。

「ああ、くそっ！　何があったんだ……!?」

赤べこの件といい、この街にはなにか良くないことが起ころうとしている。いったい自分たちは、何に巻きこまれようとしているのか。

また、あいつがひとりで背負いこむような真似《まね》をしなきゃいいんだが――。左之助は立ち上がり、道場を後にした。

※

剣心は刀を鞘《さや》に納め、敵を見下ろした。

浦村署長宅を襲った侵入者は、床に両手をつき、息を荒らげていた。先ほどの顔面への一撃で、脳が揺さぶられているのだ。しばらくは、まともに立ち上がることすら出来ないだろう。

侵入者は苦悶《くもん》に喘《あえ》ぎながら、剣心を見上げた。

「……お、お前は今こう考えている。こいつらは何者だ、何人いるんだ……。しゅ、首謀《しゅぼう》者《しゃ》は誰だ、次はどこが襲われる……」

侵入者の指摘は的《まと》を射ていた。

襲撃地点が複数ある以上、敵はひとりではないということだ。彼らはいったい、剣心の何を憎んでいるというのだろうか。

剣心には、事実を明らかにする義務がある。かつて犯した罪を背負い、償《つぐな》う道を探しながら生きる――と、そう「彼女」に誓ったのだから。

侵入者は剣心の苦悩を見抜いたかのように「ヒヒヒッ」と嘲笑《ちょうしょう》する。

「……苦しめ苦しめェ。さあ、人誅《じんちゅう》の時間だァ……」

侵入者が着物をはだけた。この男が着物の下に隠していたものを見て、剣心は息を呑む。炸裂弾《さくれつだん》だ。

まさかこの男、自爆するつもりなのか――危機を感じたその瞬間、剣心は床を蹴っていた。傷ついた浦村の身体を抱え上げ、彼の家族に「逃げろ!」と告げる。

侵入者が懐から着火装置を取り出したのは、その直後だった。

導火線に火がつくや否《いな》や、網膜《もうまく》を焼くような激しい閃光《せんこう》と爆音が響き渡る。

「……！」

凄まじい衝撃と共に、剣心の身体は衝撃波に煽《あお》られた。

屋根瓦《やねがわら》が吹き飛び、柱がへし折れ、畳《たたみ》が燃えている。侵入者の自爆攻撃は、浦村の家を完膚《かんぷ》なきまでに破壊してしまったのだ。

剣心は間一髪《かんいっぱつ》、瓦礫《がれき》の直撃を逃れ、庭へと脱出することが出来た。それ自体は幸いだが、浦村の怪我の状態を見る限り、決して安堵はできない。

重傷の浦村を地に横たえ、意識を確認する。

「浦村さんっ！」

「私は…大丈夫だ……。妻と娘はっ!?」

浦村は上体を持ち上げ、必死に周囲を見回していた。

幸運にも、浦村の妻と娘は無事のようだ。爆風で表に吹き飛ばされたため、瓦礫の下敷きにならずに済んだのだろう。ふたりとも、さして大きな怪我《けが》は見られなかった。

しかし身体は無事でも、精神《こころ》が無事とは限らない。彼女たちの顔色は蒼白。自分たちを襲った突然の不幸に、すっかり憔悴《しょうすい》してしまっていた。

「どうして……。私たちがこんな目に……どうしてェ……」

浦村の娘は声を震わせ、拳を固く握りしめている。

無理もない、と剣心は思う。父親が目の前で殺されかけた上に、家が吹き飛ばされてしまったのである。なんの非もない彼女たちにとっては、理不尽という他ない状況なのだ。

剣心は、彼女に声をかけることが出来なかった。

浦村一家を襲った猛襲と破壊。その原因の一端は、おそらく自分にある。

敵の目的は人誅——すなわち〝人斬り抜刀斎〟への報復である。剣心を苦しめるためだけに、彼らは謂《いわ》れのない被害を受けてしまったのだ。

自分に出来ることは、慰めの言葉をかけることではない。もう二度とこんな悲劇を繰り返さないと、心に誓うことだけである。

剣心は無言で踵《きびす》を返し、浦村宅を後にした。

※

遠くから、鳥の囀《さえず》りが聞こえてくる。

昨夜あれだけのことがあったにもかかわらず、朝は普段と変わらずにやってくるものだ。

隅田川《すみだがわ》にも朝日が差しこみはじめ、水面をきらきらと輝かせていた。

神谷道場までの帰り道、剣心は、ずっと頭を悩ませていた。

一刻も早く、敵を止めねばならない。これ以上、なんの罪もない人々を巻きこむわけにはいかない。

そのために動く。それはいい。

だが、問題なのはその後だ。

敵は人誅という正義の下、緋村剣心を仇《かたき》とする復讐者《ふくしゅうしゃ》である。闘ったとしても、敵を倒せばそれで済むというものでもない。

始まりは、緋村剣心の人斬りとしての罪。

いったいどうすれば、彼らに対しその罪を贖《あがな》えるのか。

謝罪か。死か。それとも、まったく別の何かが必要なのか――。

そんなことを考えていると、ふと、道の先に人影が見えた。

背の高い青年だ。まるで剣心を待ち構えているかのように、じっと佇《たたず》んでいる。

剣心は逆光に目を眇《すが》め、青年を見つめた。

色の入った丸眼鏡《まるめがね》に、大陸風の外套《がいとう》。灰色がかった白い髪。

その漆黒《しっこく》の目の色は、どこか懐かしいような――それでいて胸を締め付けるような痛みを、剣心に思い出させるものだった。

――あなたは本当に、血の雨を降らすのですね。

そのときなぜか、彼女の声が響いた気がした。

剣心は思わず、目を見開いてしまう。

「……どうした、抜刀斎？　姉さんの幻でも見えたのカ？」

青年が、冷たい声色でそう告げる。

表面は冷静な面持《おもも》ちに見えるが、その目は違っていた。凍《い》てつくような憎悪に満ちた眼《まな》差《ざ》しで、剣心を睨《にら》みつけている。

「お前は、まさか――」

雪代縁《ゆきしろえにし》。

かつて剣心が人斬りだった頃、命を奪った女性の弟だ。

容貌《ようぼう》はすっかり変わってしまったが、その目の光は変わっていない。十四年前、初めて顔を合わせたときと同じように、憎々しげに剣心を見つめている。

縁は独特の抑揚《よくよう》で「だったらどうする？」と、鼻を鳴らした。

「俺を斬るのカ？　姉さんと同じように。汚れきったお前のその剣で」

黙りこむ剣心をよそに、縁は続けた。

「あれから十四年……日本を捨て上海に渡った俺は、何度も死にかけ、這《は》い上がりながら、上海犯罪組織《マフィア》の頭目にまで昇りつめた。お前への復讐……姉さんの仇を討《う》ちたい一心でナ」

苦々しい面持ちで語る縁の言葉を聞き、剣心はようやく納得した。

赤べこへの砲撃。前川道場の襲撃。そして浦村邸の爆破。

その直後、狙い澄ましたかのように剣心の前へと現れたということは、縁もまたこの一連の事件に深く関わっているということだ。

心臓が、早鐘のように鼓動を打っている。

目の前の白髪の青年──縁の抱く怒りは、剣心の犯した罪そのものだ。

かつて剣心がこの青年の肉親を斬ったことで、彼の人生は大きく歪んだ。子供ひとりが日本を離れ、外国で生きるというのは並大抵のことではないだろう。その結果犯罪に手を染めることになったとしても、なんら不思議ではない。

「待っていろ。まもなく人誅の時間だ。俺にはお前に恨みを持つ同志がいる。そして、どんなことでも可能にする力がある」

縁は剣心の方へとゆっくり歩きながら、続ける。

「抜刀斎、俺がお前に与えたいのは痛みではない……。苦しみだ」

苦しみ――それがいったい何を指すのか。
剣心はただ、この男の語る言葉にじっと耳を傾けていた。

※

裏庭で鶏《にわとり》が鳴いた。気づけば、空はすっかり白んでいる。

神谷薫は道場の縁側に座り、もう何度目になるかわからないため息をついていた。

胸中の不安が、どうにも拭《ぬぐ》えない。剣心が真夜中に飛び出していってからずっと、良くない予感が薫の胸を締め付けているのだった。

前川道場の危機を知らせにきた若者には、手当てを施《ほどこ》し、恵の療養所に預けた。左之助も道場から戻ってきており、向こうで何が起こったのか大体のところは聞いている。

道場を襲ったのは、正体不明の敵だ。相当の手練《てだ》れだという。

同時に、あの浦村署長も襲撃を受けたと聞いている。それらの敵は十中八九、赤べこの砲撃にも関係しているということだった。

また、闘いが始まるのかもしれない――。薫は頭を抱える。

もし闘いになれば、きっとまた剣心は死地に赴《おもむ》くことになるだろう。そうなれば、帰ってこられるという保証はないのだ。

すべて事が済んだとき、剣心は元の剣心でいられるのだろうか。以前剣心自身がいってくれたように、薫と一緒に新しい時代を見届けることが出来るのだろうか。

左之助も弥彦も、珍しく難しい表情を浮かべている。彼らも彼らで、今の状況に不安を感じているのだろう。

そんな中、戸口に人の気配がした。

飛び出していった弥彦が、「剣心が帰ってきたぞ！」と叫ぶ。

良かった。薫は弥彦の声に、ほっと胸を撫《な》で下ろした。

しかしその安堵《あんど》も、剣心本人の姿を見てすぐに霧消してしまう。闘いに巻きこまれたのだろう。衣服は血と煤《すす》にまみれ、あちこちに傷を負っていた。

何より気に掛かったのは、その表情だ。顔には血の気がなく、固く唇を引き結んでいる。心ここにあらずといった様子だった。

今の剣心は、明らかに憔悴《しょうすい》しきっている。薫でさえ、声をかけることを躊躇《ためら》ってしまったほどだ。

左之助だけがいつもの調子で、剣心に詰め寄っていた。

「おい、なんなんだこの一連の騒ぎは」

左之助の疑問は、薫も気になっていたことだった。

自分たちの友人や顔見知りが、次々と襲撃されている。その原因はなんなのか。剣心になにか関わりがあることなのか。

しかし、剣心は何も答えなかった。俯《うつむ》いたまま、幽鬼のような足取りで屋内に上がってくる。

「おい、剣心……？　剣心？」

肩すかしを食った左之助は、呆気《あっけ》に取られたような顔で肩を竦《すく》めている。きっと、なにかあったのだ。今の剣心には、答える気力もないのだろう。無理に聞き出すのは気の毒かもしれない。

薫はなおも食い下がろうとする左之助を手で制し、剣心に「おかえりなさい」と告げた。

「剣心……無事で良かった」

剣心は薫に目も合わせず、こくりと頷《うなず》いた。

「……少し、休ませてもらうでござるよ」

剣心はそれだけいって、自室へと向かった。今の薫に出来るのは、その小さな背中を見送ることだけだ。

左之助が、ちっと舌打ちする。

「……ありゃ尋常《じんじょう》じゃねェな」

「あんな辛《つら》そうな剣心、初めて見た……」

誰にともなく、薫はそうひとりごちる。

剣心に何があったのか。その心の内に何を抱えているのか。

力になりたいとは思っても、今の剣心には、自分たちの言葉は届かない。どうしようもない無力感に、薫は再びため息をついた。

※

「――これより東京は、極秘で厳戒態勢に入る！」

東京警視本署の大集会場には、川路《かわじ》大警視の声が響いていた。

広間には、制服姿の警官たちがずらりと並んでいる。それぞれ表情が険しく、緊張に顔を強《こわ》ばらせていた。赤べこ砲撃に端を発する昨夜の一件に対し、強い危機感を抱いているのだ。

「昨夜、我々の撃剣世話掛《げきけんせわがかり》でもある前川道場が襲われた。同時刻、浦村署長の自宅も襲われ、両所に駆けつけた警察隊の多くが負傷した」

川路が、重々しい口調で続ける。

「犯人が何者かはまだ明らかではない。だが、これは警察に対する明らかな挑戦だ！　我々の沽券《こけん》にかけて、東京の安全は断固守らなければならないッ！」

川路の演説を遠目に見ながら、斎藤一は集会場の隅で煙草《たばこ》を吹かしていた。

だいぶ後手に回ったな、と思う。

昨夜行われた、上野山《うえのやま》からの砲撃。現場の状況を考えれば、使われた大砲は欧米製の最新型攻城砲——四百キロ近くのアームストロング砲であることは明らかだ。

そのような兵器はこの国のどこにでもあるものではない。犯行に使われたのはまず間違いなく、密輸入された武器だろう。

輸入先としてもっとも可能性が高いのは、東洋の魔都、上海からの経路である。すなわちこの事件には、あの雪代縁が関与している。それは火を見るよりも明らかなのだ。

斎藤は紫煙《しえん》と共に、大きなため息を吐いた。

返す返す、上層部の対応の浅はかさが悔《く》やまれる。あの男を領事館に引き渡していなければ、一連の事件は未然に防げていたはずなのだ。

熱弁を振るう川路に背を向け、斎藤は広間を離れた。

上層部《うえ》が使えないのならば、独力でなんとかする他ないだろう。昔と同じだ。もともと壬生《みぶ》の狼は、他者におもねることなく己が正義を貫いてきたのだから。

斎藤が廊下《ろうか》に出たところで、派手な頭が目に入った。

沢下条《さわげじょう》張《ちょう》だ。どうやら斎藤を待ち構えていたらしく、にやにやと笑みを浮かべて近づいてきた。

「…えらい苦労したけど見つけたで。あいつらの武器庫や。横浜《よこはま》の一画は、貸し切りっちゅう噂《うわさ》や」

張が手渡してきたのは、目的地の周辺が描かれた地図だ。枠外《わくがい》には見張りの配置や交替時間など、事細かな注意書きが付されている。

この張という男、いい加減で大雑把《おおざっぱ》という印象だったが、なかなかどうして丁寧《ていねい》な仕事をするものである。川路も、考えなしに密偵として採用したわけではないということか。

どこか得意げな様子で、張は続けた。

「持ち主は呉黒星《ウーヘイシン》。上海の大富豪や」

「……節操《せっそう》がない分、情報は集まるようだな」

斎藤の評価に、張は「なんちゅう言い草や」と苦笑する。

ともかく、これで捜査の目星はついた。まずは敵の武器庫を押さえ、犯行の証拠を挙げる。あとはその呉とかいう男を追えば、敵の首領を挙げることが出来るはずだ。

いくら川路でも、この地図を見せれば、すぐに部下たちを動かすことになるだろう。反撃の時間だ。これ以上、犠牲《ぎせい》を出すわけにはいかない。

斎藤は新たな煙草に火をつけ、張に背を向けた。

※

意気揚々《いきようよう》と広間に向かった斎藤の背を見ながら、張は「はっ」と鼻を鳴らしていた。

斎藤はどうやら、自分の渡した情報を元に、上海マフィアを叩くつもりらしい。あの様子では、張を「使える小間使い」程度には評価しているということだろう。

しかし、それは張にとって本意ではない。自分が警察の密偵に身を窶《やつ》しているのは、あくまで投獄《とうごく》を免れるため。仮初《かりそ》めのものである。

いつまでも、斎藤の小間使いなんぞに甘んじている気などないのだ。

「ワイは十本刀《じゆつぽんがたな》の張やで。本気で明治政府のためになんぞ働けるかい」

張はぼそりと独りごち、庁舎の出口へと向かった。

警察《おまえら》に利用されるくらいなら、こっちが警察《おまえら》を利用したる。

見とれよ、政府の犬どもが。

※

雪代縁は私室の長椅子《ソファー》に身を預け、部下の報告に耳を傾けていた。

『──まずは長崎の倉庫に大砲を十門。それから横浜と浦賀《うらが》には、最新式の回転式機関銃《ガトリングガン》を届けるように手配しております』

ここは東京湾に浮かぶとある小島。その島の中にひっそりと建てられた館である。

外国趣味の好事家《こうずか》が建てた別荘を買い取ったもので、西洋風と中国風の建築様式が入り混じった変わった建物だ。縁はこの館をアジトとして人誅《じんちゅう》の準備を進めていた。

『それと、例の乗り物も。こちらはいつでも使えるように準備をしております』

部下の業務報告を適当に聞き流しながら、縁は天窓に目を向ける。

今日は陽気がいい。もう間もなく師走《しわす》になるというのに、日差しは穏やかだ。

あの日とは真逆だな──と、縁は思う。

十四年前、抜刀斎の手で姉の命が奪われた日。

あの日は雪が舞い、心まで凍《い》てつくような空気に包まれていた。

縁は今日までずっと、あの日に感じた寒気を忘れてはいない。冷え切った己の手足。抜刀斎に裏切られ、目の前で熱を失っていく姉の肢体《したい》。

あの冷たさこそが――抜刀斎に対する強い怨恨こそが、今の縁を形作っているといっても過言ではない。

上海に渡ってからの過酷《かこく》な日々。泥水をすすり、屍肉《しにく》を喰らい、病に倒れてもなお、復《ふく》讐《しゅう》の一念のみを胸に耐え忍んだ。

その結果、縁は上海マフィアの頭目の地位を得るに至った。

すべては抜刀斎に対する復讐のため。豊富な武器や資材、人材を自由に操れる立場を得た今、抜刀斎を追いつめるための布石は整ったといえる。

もっとも、頭目という立場も自由なばかりではない。組織を回すためには、どうしても様々な雑事をこなす必要があった。

構成員の管理。密売品の売買交渉。他組織との縄張り争い。復讐のみを目的とする縁にとって、それらの些末《さまつ》な日常業務は徒労としか思えなかった。

そういうことは、やりたい者にやらせればいい。金や権力を振りかざしたい小物というのは、どこにでもいるものだ。

ちょうどそのとき、部屋のドアが叩かれた。ノックの主にはだいたい見当がついている。

その男もまた、縁を取り巻く小物のひとりだった。

縁はドアの外の人物に、「入れ」と短く告げる。

するとすぐにドアが開かれ、片眼鏡《モノクル》をかけた中年男が部屋に入ってきた。派手な毛皮の襟巻《マフラー》に、手にしているのは趣味の悪い高級扇子《せんす》だ。

「……久しぶりだネ、ボス」

呉黒星。本国では指折りの富豪であり、縁の組織のパトロン兼ナンバー2でもある。典型的な俗物で、金と権力のために動く男だ。常に威圧的な外見の護衛《ボディガード》を何人も引き連れて歩いているのは、自分を大きく見せるためだろう。

小物ゆえに、扱いやすい駒《こま》――。縁にとって、呉はそんな男である。

縁は長椅子から立ち上がり、来訪者に向き直った。

「黒星か。いつ上海からこっちに来た?」

「ボスの私用がそろそろ終了すると報せが入ったんでネ。例の約束事、忘れていないかもう一度確認しに来たヨ」

相変わらず、疑り深い男だ。

縁は「忘れてねェよ」と鼻を鳴らす。

「終わり次第、すべての組織をお前にくれてやる。土地転がしでもアヘン密造でも、この日本を好きに使えばいいさ」

縁の私闘の後方支援に組織の力を注ぎこむ代わりに、組織のすべてを譲《ゆず》り渡す。それが縁と呉の間で結ばれた約束事だった。

もともと、縁がマフィアの頭目の地位についたのは、人誅を可能にする兵力と財力を確保するために過ぎない。目的さえ果たせれば、なんの未練も興味もないのだ。

一方、呉が縁に関わっているのは、頭目の後釜《あとがま》を狙っているためである。縁が拓いた密売ルートを引き継ぎ、さらなる利益を目論《もくろ》んでいるのだ。

拝金主義者め——と心の中で毒づきながら、縁は呉に背を向けた。

こんな小物の相手など、今はどうでもいい。自分にとって大事なのは、人誅である。

部屋の長椅子《ソファー》に身を預け、縁はゆっくりと目を閉じる。

姉さん、もう少しだよ——。縁は自然と、そう呟《つぶや》いていた。

脳裏《のうり》を過《よぎ》るのは、姉と最後に言葉を交わした記憶だ。日本を離れている間、幾度も思い返してきたやりとりである。

十四年前の冬の日。京都郊外の農村。

当時年端もいかぬ少年だった縁は、姉の巴《ともえ》が暮らす家を訪れていた。

「——喜んで、姉さんっ！　やっとあいつに、抜刀斎に天誅を下せるときが来たんだっ！」

興奮に胸を躍らせていた縁とは対照的に、巴の表情は複雑だった。その意外な反応に、縁は出鼻を挫《くじ》かれたような気がしたことを覚えている。

「縁、まさか……」

「聞いてなかった？　あの人たち、姉さんには既に言ってあるって……」

当時の巴は、人斬り抜刀斎、緋村剣心の妻という立場だった。

もちろん、巴は本意から嫁入りしたわけではない。抜刀斎を欺《あざむ》き、夫婦として共に生活することで、その弱みを握る――。巴は、そのための間者《かんじゃ》だった。

巴はかつて、結婚を誓い合った許嫁《いいなずけ》を抜刀斎に斬られている。その恨みを晴らすため、〝闇乃武《やみのぶ》〟という幕府の隠密《おんみつ》組織に協力をしていたのだ。

巴は昔から、優しい姉だった。早くに母親を亡くした縁のために、母親代わりとして面倒を見てきてくれたのである。

大好きな姉のために、いつか恩返しがしたい。縁は長年そう思ってきた。だからこそ、巴が復讐を志《こころざ》しているということを知り、闇乃武への協力を申し出たのである。

しかし巴は真剣な眼差《まなざ》しで、縁に「帰りなさい」と告げた。

「縁。あなたは雪代家の長男です、あなたまで――」

縁は巴の言葉を遮《さえぎ》るように、「家なんてどうだっていい！」と叫ぶ。

「俺は姉さんの力になりたいんだ！　だから――」

「帰りなさい、縁」

巴は、頑《かたく》なに姿勢を崩そうとはしなかった。

縁は、姉のためならどんな汚れ仕事でもする覚悟で京都に来たのである。姉さんの力になりたい。そうすればきっと喜んでもらえる――。そう思ったのに、このときの巴の態度は不自然なまでに消極的だった。

「どうしたんだよ……。何があったんだよ」

縁が尋ねても、巴はなにも答えなかった。物憂《ものう》げに俯《うつむ》く彼女の貌《かお》は、まるで抜刀斎への復讐を躊躇《ためら》っているかのようにも思えてしまう。

煮え切らない姉の態度に、縁はつい声を荒らげてしまっていた。

「どうしてあいつを庇《かば》うんだよ！　あいつは姉さんの敵だろっ！　姉さんから幸せを奪った憎き仇《かたき》のはずだろ！」

口論の末、縁は家を飛び出していた。

それが姉との最後の会話になるなど、当時の縁には思ってもみないことだった。頭の中を渦巻《うずま》いていたのは、ただ抜刀斎への憎しみである。

あのとき家の外で、帰宅した抜刀斎と鉢合《はちあ》わせになったことを覚えている。とぼけたような顔を浮かべていたあの男を、縁は強く睨《にら》みつけたのだ。

――あいつさえ……あいつさえ最初からいなければっ……。

その憎しみは、今もなお消えることはない。

十四年を経た現在でも、縁の心を真冬の氷雪のように凍り付かせているのだ。

※

緋村剣心が自室で目を覚ましたとき、日はもう中天近くまで上っていた。

夢見が悪かったせいか、全身に酷《ひど》い汗が浮かんでいる。

夢で出会ったのは、かつて愛した女性――巴だった。

地獄と見まがうような屍《しかばね》の山の上で、彼女は剣心をじっと見つめていた。彼女らしい、物憂げな眼差しで。

雪代縁との一件で、心が参っているせいだろう。我ながら脆《もろ》いものだ――。剣心は頭を振り、ゆっくりと立ち上がった。

赤べこ砲撃に端を発する一連の事件。「人誅」を掲げる敵の目的は、剣心に対する復讐だった。たとえ彼らと剣を交えたとしても、その志を挫くことにはならないだろう。

では、いかなる方法で贖罪《しょくざい》を果たせば、本当の意味で彼らを止めることが出来るのか。

剣心は、いまだにその答えを見出《みいだ》すことが出来なかった。

廊下《ろうか》に出ると、道場の方から竹刀《しない》がぶつかり合う音が聞こえてきた。

神谷道場の門下生たちが、稽古《けいこ》に勤《いそ》しんでいるのだ。「うおお！」「やあああ！」と気合いをこめながら、激しい打ちこみ稽古を行っている。

彼らのひたむきな様子に、剣心は素直に感心していた。

昨夜近所であれだけの惨事《さんじ》があったにもかかわらず、若者たちは熱心に汗を流している。状況に怖気《おじけ》づいているような者はひとりもいない。

さすがは神谷活心流《かっしんりゅう》。人を活《い》かす剣だ。薫の指導の元で、彼らの心はしっかりと鍛え上げられているように思える。

「――うおおおおっ！」

中でも一際《ひときわ》気合いが入っているのは、弥彦だった。弥彦はまだ子供であるというのに年上の門下生たちに負けじと声を上げている。

弥彦はもともと、人一倍元気な少年だ。それは剣心も知っているのだが、特に今日は一段と稽古に熱が入っているようだ。

剣心がじっと稽古の様子を見ていると、道場内で指導をしていた薫と目が合った。

薫は優しく頰《ほお》を緩《ゆる》め、剣心の元へとやってくる。

「昨日、剣心たちが飛び出して行ったあと、弥彦《あの子》が言ったの。『もう自分だけ弱いのは嫌だ』って」

薫の視線の先では、弥彦が真剣な表情で竹刀を振っている。

まっすぐな目だ、と思う。自分の弱さを認めることは、とても難しい。それが出来るのは、本当の意味で「強い」人間だけだ。

汗まみれで稽古を続ける弥彦の姿は、今の剣心の目にはとても輝かしいものに映った。

「あの子はあの子なりに、今何が起きているのかを感じ、必死に強くなろうとしてるんだと思う」

薫の言葉に、剣心は思う。

子供の弥彦でさえ異変に気がついている。気づいた上で、真っ正直に自分の出来ることをしようとしている。

薫や左之助も、恵も同じだった。突然の困難に見舞われながらも、事態の解決を目指し、それぞれが出来ることを精一杯やろうとしている。

自分は仲間に恵まれた――。剣心はつくづくそう思う。

縁らに対する贖罪の方法は、いまだにわからない。しかし少なくとも、今の自分がやるべきことは見えた気がする。

過去に囚われず、闘う。彼らの暮らす現在《いま》を守るために。

剣心は、意を決して薫に告げた。

「……やはり、話すべきでござるな」

「えっ?」

「薫殿、皆を集めてくださらぬか」

稽古が終わってしばらくした後、いつもの面子《めんつ》が道場の庭に集まった。薫に弥彦、左之助。恵も診療所の方が一段落したのか、縁側に腰を下ろしている。

剣心は皆の顔を見回した後、ゆっくりと口を開いた。

「昨夜、前川道場と浦村署長の自宅が襲われた。すべては拙者《せっしゃ》への復讐が目的でござる」

薫は「え?」と首を傾《かし》げていた。

「剣心への復讐って……?」

「赤べこへの砲撃も同じでござろう」

皆、驚きに顔を見合わせている。

当然だろう。大勢の知人が悲劇に見舞われたのである。その理由が個人に対する怨恨《えんこん》だなどと、容易に信じられることではない。

「首謀者《しゅぼうしゃ》の名は雪代縁。拙者がこの手で斬殺した妻、緋村巴の弟でござる」

剣心のすぐ脇で、薫は目を見開いていた。

これまで誰にも語ったことのない話なのだ。驚くのも無理はない。

剣心は空を見上げ、自らの左頰に手を触れる。

「……はじまりは幕末。この十字傷にまつわる話でござる」

※

今から十四年前。元治元年の京都。

剣心は当時、討幕《とうばく》派きっての暗殺者、〝人斬り抜刀斎〟として、幕府方に恐れられる存在だった。

夜ごと繰り返される人斬りの日々。着々と幕府方の戦力を削っていく中で、同時に剣心は己の心をも擦り減らしていた。斬った者たちの命の重みが、剣心を押し潰そうとしていたのである。

人々の幸せのため。新時代のために剣を振るう。そう決めたはずなのに、斬った者たちの怨嗟《えんさ》の声が剣心を苛《さいな》んでいたのだ。

当時の剣心は疑問を持ち始めていた。自分は本当に正しいことをしているのか。このまま人を斬り続けて正気を保てるのだろうか――と。

雪代巴と出会ったのは、そんなときだった。

きっかけは、とある酒場だった。酔っ払いに絡まれていた巴を救った剣心は、その後、不運にも彼女に人斬りの現場《しごと》を目撃されてしまったのだ。


――よく惨劇《さんげき》の場を「血の雨が降る」と表しますけど、あなたは本当に血の雨を降らすのですね。


しかし巴は、剣心の正体を決して口外することはなかった。それどころか窮地《きゅうち》を救った礼として、剣心の元に居座ってしまったのである。

剣心にとって、巴は不思議な女性だった。

人斬りである剣心をまるで恐れず、甲斐甲斐《かいがい》しく生活の手伝いをする。表情に乏《とぼ》しいゆえに何を考えているのかわからないところはあったものの、仕事ぶりは誠実そのもの。美しく淑《しと》やかな彼女は、討幕派の仲間たちにもすぐに受け入れられる存在となったのである。

もっとも、巴はただ気立てのいい女性だったわけではない。その独特の聡明さで、時には剣心の抱える苦悩に率直《そっちょく》に切り込むことさえあった。

——刀のあるなしで斬り殺していい人と悪い人……ですか。ではもし私がこの場で刀を手にすれば、あなたは私を……？

——平和のための闘いというものなどが本当にあるのでしょうか……。世の中のためであれば、高い志《こころざし》があれば、小さな何かが犠牲《ぎせい》になることは致し方ないのでしょうか。

——あなたも、その犠牲者なのではないのですか。

そんな巴との日々は、剣心に大事なものを教えてくれた。
それは人と人とが支え合い、人生を紡《つむ》いでいく幸せ。日々を生きるという、ごく当たり前の幸福である。
それで剣心はようやく、「誰かを幸せにすること」の重みを思い知った。
剣一本ですべての人々を幸せにすることなど、思い上がりに過ぎない。自分に出来るのは、この目に映る人々の幸せを一つ一つ守ることだけ。

巴との暮らしの中で、剣心は決意を固めた。

いつか新時代が来たら、人を斬ることなく守れる道を探す。巴の幸せを、今度こそ守り抜いてみせる、と。

しかし、運命は残酷《ざんこく》だった。

巴にとって、剣心は憎むべき仇《かたき》だったのだ。

彼女の許嫁《いいなずけ》だった清里明良《きよさとあきら》は、若き幕臣のひとり。かつて、剣心が天誅を下した相手だったのである。


――死ねないッ！　俺には大切な人がいるんだッ……！

清里の死に際の執念は、剣心の左頬に決して消えない刀傷を刻みこんだ。清里と巴とは、深い愛情で結ばれていたのである。

――京都より清里様が殺害されたとの報せが届く。ただただ信じられず。どうしてあの時引き止めなかったのかと、後から悔《く》やまれて……。

巴が当初、剣心に近づいたのは、抜刀斎の弱点を探るためだった。巴は、人斬り抜刀斎の排除を企《たくら》む幕府方の組織――〝闇乃武〟によって送りこまれた間者《かんじゃ》だったのである。

しかし、剣心との生活で、巴も変わった。彼女は己の行為を悔い、剣心を守るために単身、闇乃武の元に赴《おもむ》いたのだ。

そんな巴を救うべく、剣心も闇乃武の本拠地へと赴いた。

待ち受けていたのは、幕府方の忍《しのび》たちだ。激闘の末に視覚を奪われ、聴覚を奪われながらも、剣心は闇乃武の首領の元へとたどり着いた。

満身創痍《まんしんそうい》の剣心は、首領に対して苦戦を強《し》いられてしまう。残された手段は相打ち狙いの一撃。見えぬ目で決死の一撃を放った剣心だったが、敵の刃は剣心を貫くことはなかった。

剣心を救ったのは、巴だった。巴が身を挺《てい》して首領の動きを封じたことで、剣心は死を免れたのである。

もっとも、その代償は大きかった。剣心が振るった剣は、敵の首領だけではなく、巴をも斬ってしまっていたのである。

彼女が背に負った傷は深く、救うことは叶わなかった。みるみるうちに赤く染まっていく雪の色を、剣心は今もはっきりと思い出すことが出来る。

巴が出来たことはたったひとつ。それは最後の力を振り絞《しぼ》って、剣心の頰に一筋の傷を刻みこむことだった。

視覚も聴覚も奪われていた剣心に対して、そうすることで彼女は己の想いを伝えようとしたのである。

もう一筋の傷を刻んだ許嫁、清里と同じように——溢《あふ》れるばかりの愛を。

三.

雪代縁《ゆきしろえにし》はあの雪の日、息を切らせて冬の森を走っていた。

「姉さん、姉さんっ……姉さんっ！」

触れた粉雪がすぐに消えるほど、頬が熱く火照《ほて》っている。草履《ぞうり》の緒が切れ、その足からは血が滲《にじ》んでいたが、縁は急ぐ足を止めなかった。

ついに闇乃武《やみのぶ》が、抜刀斎《ばっとうさい》に闘いを仕掛けたのである。

抜刀斎は、巴《ともえ》にとって許嫁《いいなずけ》の仇《かたき》。巴の幸せを奪った憎むべき敵なのだ。その敵に、とうとう天誅《てんちゅう》が下される日がやってきたのである。

しかし、やっとのことで闇乃武の本拠地へたどり着いた縁を待っていたのは、衝撃の光景だった。

それは天誅が下される瞬間などではなく、悪夢のような情景。

抜刀斎の振るった刀が、闇乃武の首領ごと巴の背中を斬り裂いたのである。

「──うっ、うわあああああ！」

あの日と同じように、縁は叫んだ。

アジトの自室、床の上で小さく背を丸めながら、縁は嗚咽《おえつ》を漏《も》らしていた。あの光景を思い出すたびに、縁の心はどす黒い感情に支配されてしまう。抗いようもない怨嗟《えんさ》が、脳髄《のうずい》を凍てつかせるのだ。

──もう少しだ……もう少しで、人誅は果たされる。

天に頼るのではなく、己の力であの男を誅する。縁はその一念だけを胸に今日まで生き抜いてきた。十四年越しの思いが果たされる日は、そう遠くはないはずだ。

ざあっと、雨粒が硝子《ガラス》を叩く音が聞こえる。

窓の外を見れば、強い雨が降り始めていた。地鳴りのように雷鳴が轟《とどろ》き、稲光が壁を照らしている。まるで、あの日の姉の無念を代弁しているかのように。

「姉さん……姉さんも、怒っているんだね」

台の上に置かれた形見の護り刀は、雷光を受けて輝いていた。

※

薫《かおる》は道場の縁側で、降り出した雨をぼんやりと眺めていた。

数刻前、剣心《けんしん》が過去を語り終えた後、あの場で言葉を発する者は誰ひとりいなかった。それだけ、衝撃だったのだ。

人斬りとしての迷い。巴との出会い。幸せな夫婦生活。そして訪れた悲劇の結末。どれも薫にとっては、簡単に受け止められることではなかった。

自分が巴の立場だったら、どうしていただろう。剣心のために、命を懸けられるだろうか。

そんなことを考えていると、横から声をかけられる。

「――大丈夫?」

薫が振り向くと、恵《めぐみ》の姿があった。手に傘を持っているあたり、これから外に出かけるところだったのだろうか。

恵が、少し心配そうに薫の顔を覗《のぞ》きこんできた。

「巴さんっていう女性《ひと》のこと、初めて聞いたんでしょう?」

「……うん、驚いた」薫は素直に頷《うなず》いた。「でも……なんだか巴さんが可哀想《かわいそう》で」

恵が、不思議そうな表情を浮かべている。薫が巴を「可哀想」と評したのが、意外だったのかもしれない。

「巴さんて、すごく清廉《せいれん》な人だったのかもしれない。愛する男性《ひと》を奪った剣心のことを愛し始めた自分を許せなくて……。それで……自ら剣心の刃を受けたのかなって」

雪代巴の背負った運命は、とても不幸なものだと思う。

殺した側と殺された側の二人の男。愛した二人が、ちょうど一枚の貨幣《コイン》の表と裏のように、切っても切れない複雑な因果《いんが》で繋《つな》がれてしまっている。

もしも清里《きよさと》という男性が剣心に出会わなければ。

もしも清里を斬ったのが剣心でなかったのなら。

彼女はもっと普通の——幸せな人生を送ることが出来たはずなのだ。

「きっと剣心は、ずっと巴さんのことを忘れられない。そんな人を、そんなに深く愛して……しかも、その人を自分の手で……。忘れられるわけがない……」

思わず、声が震えてしまう。

自分では巴の代わりになることは出来ない。剣心の辛《つら》い過去を忘れさせてあげることは出来ない。そう思うと、わけもなく悲しくなってしまうのである。

恵は「ふう」と息をつき、薫の脇に腰を下ろした。

「でも……あなたも剣さんも生きているじゃない？」

恵の意外な言葉に、薫は「えっ？」と顔を上げた。

「生きていれば、新しい思い出を作ることもできる。それは死んでしまった巴さんにはできないことだわ」

それは確かに——その通りだ。

剣心もいっていた。「新しい時代を、共に見守ってほしい」と。

それは、今を生きる薫だからこそ出来ることだ。非業の死を遂《と》げた巴のためにも、薫は薫のやり方で、剣心を支えてあげるべきなのかもしれない。

「ほら、迎えに行ってあげなさいよ」

恵はふっと薄く頬《ほお》を緩《ゆる》め、手にした傘を薫に差し出した。

優しいな、と薫は思う。そろそろ付き合いも長くなってきたので、恵の性格もわかってきた。この高荷《たかに》恵という女性はいつも飄《ひょう》々《ひょう》としているように見えて、その実とても人情味に溢れているのである。

薫も彼女に微笑《ほほえ》み返し、有り難く傘を受け取った。

※

ざあざあと降り続く大粒の雨が、勢いよく頬を叩く。

剣心はただ濡れるに任せ、じっと地面を見つめていた。

ここは上野山《うえのやま》の麓《ふもと》にある小さな竹林である。人通りの少ないこの竹林に、剣心は以前から何度も足を運んでいた。考え事をしたいときや気を引き締めたいときなどには、重宝《ちょうほう》する場所なのである。

雨は剣心の髪を濡らし、着物の裾《すそ》まで水浸しにしている。しかし、心の奥底にこびりついた罪の意識までは洗い流してくれないようだった。

暗い空を見上げ、剣心はため息をつく。

皆に過去を話したことを、間違いだったとは思わない。

剣心は、闘うことを選んだのだ。そうなれば、神谷《かみや》道場の人々も巻きこまれるのは必至。己の私闘に付き合わせる以上、彼らにも知る権利がある。

とはいえ、己の妻を手に掛けた男の話は、仲間たちにとって衝撃だったに違いない。左《さ》之助《のすけ》も弥彦《やひこ》も、皆呆気《あっけ》に取られていた様子だった。

今後彼らの剣心を見る目が変わっても、仕方のないことなのかもしれない——。そんなことを考えながら雨露に打たれていると、背後から「剣心」と名を呼ばれる。

振り向けばそこには、薫の笑顔があった。

その手には傘が二本。今さしているものとは別に一本、傘を提げている。

「……薫殿」

「剣心のことだから迷惑かけたくないって、またいなくなっちゃうんじゃないかと思って……」

薫は、にこり、と目を細め、持参した傘を剣心へと差し出した。その笑顔は、普段となんら変わらぬものだ。

いや——と、剣心は思う。薫は、あえていつも通りに振る舞ってくれているのだろう。こうして、剣心の「帰る場所」を守ってくれているのだ。

自分がいかに幸せな人間なのか、剣心はつくづく思う。

「……かたじけない」

剣心は傘を受け取り、薫と共に歩き出した。

気づけば、雨は少し小降りになっている。

※

沢下条《さわげじょう》張《ちょう》はその頃、東京湾に浮かぶ小さな孤島に上陸していた。

張は現在、警察所属の密偵という立場にある。しかし今回の行動は、まったく警察とは関係のないものだった。

むしろ、警察には絶対に知られるわけにはいかない。仮にあの斎藤《さいとう》にでも気づかれたら、張の首は呆気なく飛ぶだろう。文字通りの意味で。

島はそう大きくはない。海岸から歩くこと数分、張はすぐに目的の場所へとたどり着くことが出来た。

島の中央に位置する大きな洋館。ここが、あの雪代縁のアジトである。

張は見張りの目を避け、こっそりと洋館内部へと侵入する。目当ての部屋は一階の奥。抜き足差し足で行動する。

その部屋に足を踏み入れた瞬間、張は歓喜の声を上げた。

「おおお!?　おおおおお!?　お宝ばっかりやないかい……!」

ここは雪代縁の私室である。

武骨な朴刀《ぼくとう》に、古代浪漫《ロマン》を感じさせる桃氏剣《とうしけん》。そして美しく煌《きら》めく青龍偃月刀《せいりゅうえんげつとう》。それら刀剣類が、美術品のごとくに陳列されている。この部屋には上海《シャンハイ》経由で密輸された世界中の刀剣類が、山のように納められているのだ。

ふと張の意識は、部屋の隅に置かれたひと振りの刀に引き寄せられた。

かなりの長刀で、刃渡りは四尺に近い。戦国時代の大太刀《おおだち》のような拵《こしら》えだったが、よく見れば柄《つか》や鞘《さや》には大陸風の装飾がなされていた。

それがかなりの業物《わざもの》であることは疑いない。〝刀狩り〟の嗅覚《きゅうかく》がびんびんに刺激されている。

張はその長刀を手に取ると、遠慮《えんりょ》なく鞘から抜き放った。

「おお……！　これは倭刀《わとう》か！　初めて見るわ！」

倭刀。かつて倭寇《わこう》と共に明《みん》に伝わった日本刀に、中国独自の技術が加えられ発展したものだと聞く。希少価値の高い一品だ。この倭刀を手に出来ただけでも、ここに侵入した甲斐《かい》は十分にあったといえるだろう。

張がその刀身を惚《ほ》れ惚《ぼ》れと見つめていると、背後に人の気配がした。

部屋に入ってきたのは、色眼鏡《いろめがね》をかけた白髪の青年だ。

雪代縁。この私室の主である。縁は無言のまま、張をじっと見つめていた。

「…………」

もっとも張の方は、この男に対してさほど興味はなかった。興味があるのは、この男が持つ刀だけである。

「……なんや、今取り込み中や」

「お前か。抜刀斎にやられて警察に寝返った刀泥棒は」

縁の失礼な物言いに、張は「〝刀狩り〟や！」と眉《まゆ》を顰《ひそ》める。

コソ泥などと一緒にされるのは気に食わない。気に入った刀があれば、真正面から堂々といただく。それが〝刀狩り〟の流儀《りゆうぎ》なのだ。

「まあええわ」張は鼻を鳴らした。「呉《ウー》やったか、あの清国人《しんこくじん》に言われた通り、警察には偽の場所、教えておいたで。褒美《ほうび》に一本くらいええやろ？」

張は手にした倭刀を正眼《せいがん》に構え、試しに振ってみる。

ブゥン、と空気を斬り裂く重い感触。張は思わず、「うおっ！」と声を上げてしまった。やはり日本の刀とは重厚感が違う。どうしても自分の蒐集品《コレクション》に加えたいところだ。

「やっぱ最高やな、これ」

「下手《へた》に扱うと怪我《けが》をするぞ。日本刀とは重心が違う」

縁は、人を小馬鹿にするかのように薄く笑っている。

癇《かん》に障《さわ》る男やな、と張は思う。こちとら古今東西《ここんとうざい》、刀のことは知り尽くしているのだ。青二才《あおにさい》ごときに舐《な》めた口を利《き》かれたくはない。

「おお、どえらい口叩くやないかい」

「……お前も抜刀斎に恨みがあるのか？」

張はその質問を無視して、近くにあった刀を縁に放り投げた。

張が欲しいのは刀だけだ。それ以外の無駄なやり取りをするつもりはない。相手が口の利き方も知らぬ餓鬼《ガキ》なら、刀でそれを教えてやるだけのことである。

「ふん……」

縁は特に顔色を変えず、刀を受け取った。受け取った以上は、やる気があるということだろう。

「早速切れ味、試しとうなってきたわ」

張は倭刀を上段に構え、縁に向かって地を蹴《け》った。

――怪我するんはどっちの方か、その身体《からだ》に教えこんだる……！

※

寒気がますます厳しくなる中、東京の街も年の瀬を迎えていた。

年越しの準備を楽しむ人々を横目に、剣心は街を歩く。

大きな荷物を抱えた老夫婦や、喚声《かんせい》を上げてじゃれあう幼い兄弟や姉妹たち。皆、新年を楽しみにしているのだろう。

そんな中、目を光らせて警戒にあたる警官たちの姿も目立っていた。縁一派の動向を警戒しているのだろう。緊張感に溢《あふ》れた警官たちの表情は、周囲からは激しく浮いて見える。

だが、それは拙者《せっしゃ》も同じか——と剣心は思う。

剣心もまた、縁たちの襲撃に備えて街を巡回しているのだ。地道だが、敵の出方がわからない以上対策は他にない。

縁一派は剣心本人ではなく、必ず近しい他人を狙ってくる。それが最も剣心を苦しめることになると、あの青年は知っているからだ。

——苦しめ苦しめェ。さあ、人誅《じんちゅう》の時間だァ……。

――どうして……わたしたちがこんな目に。

思い出すのは、浦村《うらむら》署長宅での一件だった。もう二度と、他の誰かをあんな目に遭わせたくはない。そのために出来る手はなるべく多く打っておく必要がある。

ふと空を見上げれば、ちらりちらりと雪が舞い始めていた。十四年前の「あの日」を思い出させるような、儚《はかな》げな粉雪である。

なにか嫌な予感がする。あの日のような不幸が、身に降りかかるような気配がするのだ。

剣心は足早に、雑踏の中を歩く。

※

神谷道場でも、年越しの準備が行われていた。門下生総動員で大掃除《おおそうじ》が行われ、空気はとても清々しい。道場の上座には注連縄《しめなわ》が飾り付けられていた。

「――一年間、皆さんお疲れ様でした」

師範代《しはんだい》の薫の礼に合わせ、門下生たちが「お疲れ様でした！」と一斉に頭を下げる。

その中には、弥彦の姿もあった。神妙な表情で、じっと薫を見つめている。

ついこないだまでは生意気なやんちゃ坊主《ぼうず》だった弥彦も、最近では少し大人びた顔を見せるようになっている。成長期だということもあるだろうが、やはり剣心の過去を知ったのが大きいのだろう。

ただ剣の腕を磨《みが》いただけでは、憧れの剣心には近づけない。剣心の抱えてきた痛みや悩みを知り、それを弥彦なりに解釈して、本当の意味で強くなろうとしているのだ。

男の子って、知らないうちに大きくなるものなのね——薫がそんな親心めいた感傷に浸っていると、玄関から「ごめんくださーい」と声が響いた。

こんな年の瀬に来客など珍しい。薫が玄関に出ていくと、そこには見知った顔があった。

「やっほう！」

片手を上げて挨拶《あいさつ》しているのは、元気印の三つ編み少女である。装《よそお》いは三度笠《さんどがさ》に紺《こん》色の合羽《かっぱ》の旅支度《たびじたく》。背負った脇差《わきざし》は、彼女が「くのいち」の端《はし》くれであることの証《あかし》だ。

巻町操《まきまちみさお》。志々雄《ししお》の動乱の際、薫たちが京都で世話になった少女が、なぜか神谷道場の門前に現れたのである。

「えっ？　操ちゃん!?　なに？　どうしたの？　京都から？」

「長かったわー。やっぱり遠いね、東京は」

左之助ものっそりと脇から顔を出し、「当たりめェだ」と笑い飛ばす。予想外の来客に、この男も興が乗っているようだ。

「オゥ、ひとりで来たのか」

「ううん」

操の背後には、ゆっくりと歩いてくる長身の男の姿があった。

長い前髪に、深く皺《しわ》の刻まれた眉間《みけん》。暗色の外套《コート》に身を包んだ男が、死神のように陰気な雰囲気《ふんいき》を纏《まと》ってやってくる。

「蒼紫《あおし》さんも……」

一瞬、薫は息を呑《の》んだ。

四乃森《しのもり》蒼紫は元、江戸《えど》城《じょう》隠密御庭番衆《おんみつおにわばんしゅう》の頭《かしら》である。幕末最強の称号を得るために、剣心を執拗《しつよう》に狙っていた男。熟達した小太刀《こだち》の使い手であり、剣心や左之助を苦しめたことは記憶に新しい。

もっとも、剣心に敗れた今は京都に留まり、操たちと共に穏やかに暮らしていると聞く。操も気を許しているようだし、あまり警戒する必要はないのかもしれない。

当の操は、きょろきょろと辺りを見回しながら尋ねた。

「緋村《ひむら》は……いてる？」

剣心になんの用事だろう。わざわざ京都から来るくらいなのだから、よほど重要な用事に違いない。

剣心が外出中だと伝えると、操は「じゃあ、待たせてもらうわ」と道場に上がりこんだ。

薫は苦笑しつつ、彼女らのためにお茶の準備を始める。

蒼紫は、じっと黙って縁側に腰を下ろした。

その視線の先では、左之助が門下生たちと一緒になって、庭で餅《もち》つきをしている。「よいしょ！」「おーい！」と餅つきを繰り返す左之助たちの姿は、蒼紫にとっては珍しいものなのかもしれない。

ふたりにお茶を差し出しながら、薫は尋ねた。

「でも、どうしたの？　こんなにいきなり？」

「翠光寺《すいこうじ》さんの住職が『翁《おきな》が亡くなったことに、緋村が関係している』っていうのを聞いたらしくてね」

操は、少し俯《うつむ》き加減に答えた。

翁——柏崎念至《かしわざきねんじ》は、彼女にとっては育ての親である。御庭番京都探索方の頭領で、剣心や薫たちに力を貸してくれたのだ。

そんな翁も、修羅《しゅら》と化した蒼紫を止めるために命を落とした。翁に深く愛され、同時に蒼紫に憧れを抱いていた操にとっては、不幸としかいいようのない出来事だったのだ。

「翠光寺《そこ》の先代が、緋村と知り合いやったんやて」

操は表情を変えず、淡々と話を続けた。

※

浦賀《うらが》での志々雄との戦いの後、操と蒼紫は毎日のように翁の墓を訪れていた。

丁寧《ていねい》に墓石を磨《みが》き、草を刈りとり、花を添える——。蒼紫にとっては、それが操たちに対するせめてもの罪滅ぼしだったのだろう。

翁の死は、操にとっては辛《つら》い出来事だった。

しかし、蒼紫が修羅に堕《お》ちたのも、死んだ仲間たちのためなのだ。御庭番衆のお頭《かしら》としては、他に選択肢《し》がなかったのだろう。その気持ちもわからないではない。

それは翁も、納得ずくのことだったと思う。

だからこそ操は、蒼紫を赦《ゆる》した。

御庭番衆の一員として、彼の墓参りを手伝うことにしたのである。

蒼紫は「独りで結構だ」と手伝いを固辞したのだが、操は頑として聞き入れるつもりはなかった。

「蒼紫様はあたしらのお頭。その仕事を手伝うのが御庭番衆の役目やからね」

そういって葵屋《あおいや》の仲間たちと共に、強引に蒼紫についていったのだ。

当初は戸惑いを見せていた蒼紫だったが、操らと共に墓参りを続けることで、葵屋の面々とも次第に距離感をつかめるようになっていた。白尉《しろじょう》や黒尉《くろじょう》といった葵屋の仲間たちも、彼に信頼を寄せるようになってきていたのである。

翠光寺の住職が声をかけてきたのは、そんな頃合いだった。

「——いやあ、それにしても人斬り抜刀斎が御庭番衆と共に闘こうたとは……。なんという奇縁ですやろ」

翁の墓参りを終えたところで、壮年の住職が話しかけてきた。

聞けばどうやら、翠光寺の先代住職は幕末の折、京都の情勢に詳しい人物だったらしい。幕府方にも討幕《とうばく》派にも顔が利《き》く人物で、翁だけでなく、あの緋村剣心とも面識があったという。

「緋村は、今は東京で静かに暮らしてます」

操が応えると、住職は「そうですか」と優しげな表情で頷《うなず》いた。

「では、何かの折にお伝えいただけますやろか。先代が亡くなり、そろそろお預かりした奥方の日記をお返ししたいと」

操は「えっ？」と目を丸くする。あの緋村が妻帯者。初耳である。

驚く操をよそに、住職は続けた。

「父は、よう相談されていたみたいです。『散々他人の命を殺《あや》めてきた自分はいったいどう生きていけばいいのか、いや生きていていいのか』と」

そりゃあそうやろな、と操は思う。

操の知る緋村剣心という男は、決して楽しんで人を殺せるような人間ではない。当然、人斬りという過去に対し、深い悩みもあったのだろう。

一方、蒼紫は、操の背後で険しい表情を浮かべていた。

自分を負かした男の剣には、迷いがあった――。その事実が、蒼紫に複雑な思いを抱かせてしまったのかもしれない。

修羅から立ち戻っても、蒼紫の根っこはやはり武人なのだ。生涯《しょうがい》、求道者として、己の強さを追求しながら生きていくのだろう。

まあ、そういうところも素敵なんやけどね――と操はこのとき、そんな風に感じたのを覚えている。

※

操の話を聞いているうちに、日はすっかり沈んでしまっていた。

庭での餅つき作業も大方終わったようだ。門下生たちはそれぞれ、帰り支度を始めている。左之助はそれを見送りながら、つきたての餅を早速つまみ食いしていた。

その様子を横目で見ながら、薫はため息をつく。

「これ」

操は持参した風呂敷の中から、古い和綴《わと》じの冊子《さっし》を取り出した。

薫には、それが誰の持ち物なのか、すぐにわかった。

「巴さんの日記……」

「ああ、知ってたんや」

薫はこくりと頷き、日記を手に取った。

「中、読んだの？」

「そんなことできへんよ。大事な遺品やと思うから、緋村に渡しに来ただけ」

操は、首をぶんぶんと振っている。

確かに彼女のいうとおりだ。故人の赤裸々《せきらら》な感情を、他人が勝手に紐解《ひもと》くのはあまり良いことだとは思えない。

でも、と薫は思う。この日記の中に、巴の本当の気持ちが綴《つづ》られているとしたら、それは切り札になりうる。巴は決して剣心を恨んで死んでいったのではない——そのことが伝われば、雪代縁を止められるかもしれない。

薫は操に礼を告げ、日記帳を大事に受け取った。

※

操と薫が話しこんでいる間、蒼紫はひとり、剣道場を訪れていた。

無人の道場は、静謐《せいひつ》な空気に包まれていた。心が落ち着くような空間である。

この道場は、抜刀斎が生活をしている場所だという。あの男がどんな環境で暮らし、なにを考えて生きているのか。蒼紫は、たまたまそれに興味が湧いたのだった。

ぐるりと道場を見回し、蒼紫は「ふむ」と感心する。床にも道具にも、しっかりと手入れが行き届いていたからだ。良い指導者に恵まれている証拠である。

ふと、奥の壁にかけてある額縁に目が留まった。

活心真如《かつしんしんによ》。

額縁の中には力強い筆致でそう書かれている。おそらくは、神谷活心流の理念なのだろう。この流派は「人を活《い》かす剣」なのだと、前に聞いたことがある。

——人を活かす剣、か。

思えばあの男も人斬りであることをやめ、人を守るために剣を振るっていた。人斬りが人を守るなど、戯言《ざれごと》もいいところだ。

以前、東京で抜刀斎を追っていた頃、蒼紫はそんな風に考えていた。所詮《しょせん》、そんな甘い剣では最強を名乗るには相応《ふさわ》しくない、と。

しかし、それは間違いだった。抜刀斎の振るう剣は蒼紫を圧倒し、さらにはあの志々雄真実《まこと》ですら打ち破ってみせたのである。

抜刀斎に敗れて以来、蒼紫はずっとあの男の強さの理由を考え続けてきた。

それはもしかしたら、あの男が己のためではなく、他者のために剣を振るっているからなのかもしれない。蒼紫は最近、そんな風に思い始めていた。

部下の黒尉から今回の一件の情報を得たのは、そんな折だ。

——御庭番衆の情報網《もう》に気になる情報が引っかかってきました。師走《しわす》、東京に血の雨が降ると。しかもそれは、抜刀斎絡みの案件やと……。

抜刀斎が、なにか厄介事《やっかいごと》に巻きこまれようとしている。これは、あの男の強さの理由を見定めるにはいい機会になるに違いない。蒼紫はそう考えて、操の東京行きに同行することにしたのである。

他者を守るために振るう剣。果たしてそれは、強さの理由になりうるのか。

蒼紫は「活心真如」の書に背を向け、道場を離れた。

※

斎藤一《さいとうはじめ》は夜の闇に紛《まぎ》れ、じっと息を潜めていた。

ここは横浜《よこはま》の埠頭《ふとう》に並んだ倉庫街の一画。とある古い倉庫の搬入口の前である。

目の前の倉庫は木造で古めかしいが、かなり巨大だった。情報通り、軍艦一隻《せき》分の資材は楽に保管出来るだろう。

張《ちょう》の内偵によれば、この倉庫は雪代縁の武器庫だということだった。つまり、この場所こそが上海マフィアの生命線。ここを押さえれば、連中の密輸業に大打撃を与えられる。

今夜の作戦は、警察にとって極めて重要なものなのだ。

「――第二班、左から回りこめ。第三班、裏口を固めろ」

斎藤の合図に、部下たちが「展開するぞ」と、動き出した。

彼らは警察選《よ》りすぐりの精鋭部隊である。数は三十名。全員が小銃で武装している。これだけの戦力を電撃的に投入すれば、倉庫の制圧はさほど難しくはないはずだ。

斎藤は周囲の部下たちの顔を見回し、無言で門を指さした。

――いまだ、突入しろ。

第一班の突入部隊が、小銃を構えて一斉に倉庫の扉へと駆け寄った。先頭の隊員が扉を蹴《け》破《やぶ》り、後の者たちが次々と続く。斎藤もまた、彼らの後に続いて倉庫へと侵入した。

薄暗い倉庫の中を警戒しつつ、ゆっくりと進む。

鼻をつくのは黴《かび》と埃《ほこり》の臭《にお》いだ。内部はがらんと広く、人の姿はない。

妙だな、と斎藤は思う。武器庫だというのに、周囲には刀一本見当たらない。隠し扉でもあるのだろうか。張の話によれば、そんなものはなかったはずなのだが。

突入部隊の面々も、揃って呆気《あっけ》に取られたような表情をしている。

と、そのときだ。

「ウオオオオアアアアアッ！　アアアアアアアアアアアッ！」

突如、前方から奇天烈《きてれつ》な絶叫が響き渡った。叫び声の主を見て、部下たちがびくりと身を震わせる。それもそのはず、叫び声を上げていたのは、全身に包帯を巻いた男だったのだ。

まるで、あの志々雄真実のように。

志々雄の動乱は、いまだ記憶に新しい。国家転覆《てんぷく》寸前まで追い詰められたこともあり、警官たちにとって志々雄は恐怖の対象として脳裏《のうり》に刻み込まれているのだ。

当然、眼前の包帯男が、志々雄であるはずはない。あの男の死は、斎藤も己の目で確認している。あんなものは、趣味の悪い悪戯なのだ。

だが、こんな悪戯が仕掛けられているということはすなわち、敵は警察の襲撃を予期していたということを意味する。

——まさか。

斎藤が身構えたのとほぼ同時に、爆発が起こった。頭上から爆薬が投げこまれたのだ。

見上げれば、天井の梁《はり》の上に、複数名の男たちの姿が見える。

功夫服《クンフー》に仮面姿。青龍刀《せいりゅうとう》で武装したマフィアの連中だ。警官隊を包囲すべく、続々と頭上から縄を伝って降りてくる。

斎藤は「ちっ」と舌打ちした。

今更ながらに理解する。そもそも、この倉庫は武器庫でもなんでもない。警官たちをおびき寄せるための罠《わな》だったのだ。最初から、張の情報が偽りだったと考えるべきだろう。

「嵌《は》めやがったな、あの野郎っ……！」

斎藤は腰の刀を抜き放ち、仮面の男たちを迎え撃った。

突っ込んできた最初の男を横なぎに打ち払い、続いてきた二人をまとめて串刺しにする。斎藤の容赦《ようしゃ》ない一撃を受けた仮面の男たちは、「ぎゃあああっ！」と断末魔《だんまつま》の叫びを上げた。

嵌められはしたが、こんな雑魚《ざこ》連中に後れを取るわけにはいかない。たとえ包囲されようと、剣で活路を切り開くだけである。

部下たちも動揺《どうよう》から立ち直り、懸命に応戦を始めていた。さすがは警視庁きっての精鋭たちだ。手にした小銃で弾幕を張り、仮面の男たちの接近を妨げている。

激闘の最中、斎藤は頭上の暗がりから自分たちを見つめる影に気が付いた。

組織の幹部だろうか。中華服を身に着けた小太りの男が、含み笑いを浮かべている。

いったい連中は、なにを企《たくら》んでいるのか。

良くない予感に苛《さいな》まれながら、斎藤は眼前の敵を斬り捨てる。

※

左之助は神谷道場での夕食——もちろんタダ飯だ——の後、ぼんやりと夜空を眺めていた。別に、星空を見て楽しむような性分の人間ではない。ただ、何か白いものがチラチラと、空から降ってくるのが見えたのである。

薫や弥彦、他の門下生たちも、それから夕方から道場に居座っている操も、皆、空から落ちてくるものを不思議そうに眺めていた。

最初は雪かとも思ったが、どうやら違う。降ってきているのは紙だ。わら半紙のような紙片が、大量に夜空を舞っていたのである。

「なんだ？　号外か？」

左之助は、目の前に落ちてきた一枚を手に取った。

そこに書かれていた文字を見て、左之助は思わず目を見開いた。

人誅《じんちゅう》——。大きく荒々しい筆致で、そう書かれていた。以前、剣心と左之助が上野山で見つけたのと同じものだ。

左之助はすぐに、薫と弥彦に視線を合わせる。ふたりとも拾った紙を見つめ、険しい表情を浮かべていた。

ついに、縁一派が仕掛けてきたのかもしれない。

※

通りを歩く街中の人々は、空に舞う「人誅」の紙に首をかしげていた。

いったい誰の仕業《しわざ》なのか。この文字には何の意味があるのかと、あちらこちらで議論が交わされていた。

現在の東京において、人誅の意味を理解出来る者はそう多くはない。これが雪代縁の宣戦布告だと気づくことが出来るのは、あの男の強い怨念《おんねん》を知る人間だけである。

緋村剣心も、その数少ない人間のひとりだった。

——来たか。

空を見上げれば、夜空に浮かぶ大きな影が見える。

巨大な球体の影が三つ。人誅と書かれた紙は、あの影からばら撒《ま》かれているようだ。通行人たちも、「なんだあれ」と興味深く空を見上げている。

そのうちの誰かが、気球だ、と声を上げた。

気球。その名前には、剣心も聞き覚えがあった。海外で発明されたという空を飛ぶ乗り物だ。日本でも近年、陸軍での運用が始まったと聞いている。最先端の技術だ。あんなものまで持ち出して、縁は何をするつもりなのか。なんであれ無関係の他者を巻きこむつもりならば、食い止めなければならない。

剣心は空に浮かぶ巨大な影をじっと見つめ、拳を固く握りしめた。

※

雪代縁は、高度二百米《メートル》の上空から、眼下に広がる街並みを見下ろしていた。

気球に乗るたびにいつも思うことだが、上空は酷《ひど》く寒い。師走《しわす》の終わりということも相まって、凍《い》てつくような空気が容赦なく肌を刺してくるのを感じる。

もっとも、冷たさには慣れている。縁の心は十四年前のあの雪の日から、ずっと凍てついたままだったのだから。

困惑する人々の姿を見下ろしながら、縁はふっと冷たく笑う。

——姉さん、さあ、人誅の時間が始まるよ。

——姉さんのいない日本なんて、それだけで罪に等しいんだ。

※

裏路地に潜んでいた鯨波兵庫《くじらなみひょうご》は、ゆっくりと上野の大通りに向けて歩き出した。

すでに右腕にはアームストロング砲を装着済み。砲弾の装填《そうてん》も済ませている。

あとは縁の合図を待つだけの状態だったのだが、それは今さっき、ちょうど自分の元へと届いたところだった。

地面に散らばった「人誅」の紙を見て、鯨波は唇を歪める。長年待ちわびたこの時が、ようやくやってきた。

——待っていろ、抜刀斎……！

鯨波が通りに出たところで、洋装の女と肩がぶつかった。女は「すみません」と頭を下げかけたのだが、すぐに顔を強張《こわば》らせてしまう。

その怯《おび》えたような視線が向けられているのは、鯨波の右腕だ。巨大な大砲を腕に装着した鯨波の姿が、異様に映ったのだろう。

女はまるで化け物にでも出会ったかのように、「きゃあああああっ！」と悲鳴をあげた。

悲鳴は人の注目を引き、さらなる悲鳴を呼ぶ。鯨波に対する恐怖が、群衆の中で波紋の様に広がっていくようだった。

しかし、鯨波は動じない。この十年、右腕を失った自分に向けられるのは、奇異の目か同情の目かのどちらかしかなかった。恐怖の目というのも、案外新鮮で心地がいい。

人々は叫び声を上げて逃げまどい、いつしか警官も駆けつけていた。

警官は群衆を庇《かば》うように立ち、小銃を構えて鯨波を威嚇《いかく》している。

鯨波は思わず失笑してしまった。あの警官は、単発式の小銃ごときで、アームストロング砲に立ち向かうつもりらしい。銃で脅《おど》せば、こちらがいうことを聞くとでも思っているのだろうか。

ならば、その身をもって教えてやる他ない。鯨波は砲口を警官に向け、砲の引き綱を勢いよく引っ張った。

激しい爆裂音が鳴り響き、十二ポンドの砲弾が勢いよく発射される。容赦なく放たれた砲弾は警官をばらばらに吹き飛ばし、そのまま人々の列に突っこんだ。

晦日《みそか》の町が、阿鼻叫喚《あびきょうかん》の地獄へと変わった瞬間である。

※

どこか近くで、激しい爆発音が鳴り響いた。

強烈な振動が、道場をぎしりと震わせている。

巻町操は「えっ？」と周囲を見回した。

「なに、今の音……？」

いったい何が起こったのか。まるで近所に雷でも落ちたかのような衝撃である。

操は首を捻《ひね》っていたのだが、弥彦や左之助ら、道場の者たちにはなにか心当たりがあるようだった。

薫の表情は、すっかり青ざめてしまっている。

「赤《あか》べこの時の音と同じ……」

弥彦も左之助も、同様に深刻な表情を浮かべていた。東京では、操の知らない事件が起こっているようだ。

蒼紫なら、事情を知っているかもしれない――。操が目を向けると、蒼紫はいつも以上に難しい顔を浮かべている。やはり、すでになにか情報をつかんでいたようだ。

蒼紫は操を一瞥《いちべつ》すると、壁に立てかけていた愛刀を手につかんだ。そのままひと言も発することなく、門の外へと駆けだしていく。

「蒼紫様!?」

なんだかよくわからないが、緊急事態だということはわかった。蒼紫が動くなら、自分も動かねばならないだろう。

操は「薫さん、ごめん！」とだけ告げて、蒼紫を追って夜の闇へと走り出した。

※

八ツ目無名異《やつめむみょうい》は、鷹揚《おうよう》とした足取りで上野の夜道を闊歩《かつぽ》していた。道は逃げ惑う人々で溢《あふ》れている。響き渡る鯨波の砲撃音が、彼らに恐怖を刻みこんでいるのだ。

幕末《むかし》の京都を思い出す光景だ――と八ツ目は思う。圧倒的な武力の衝突を前にして、当時の民衆は悲鳴を上げることしか出来なかった。

戦乱による混乱と恐怖。とても良い時代だったと思う。自分たち闇乃武《やみのぶ》の忍《しのび》は、そんな中でこそ存在意義を見出《みいだ》せたのだから。

脇を見れば、同志のひとり、乾天門《いぬいてんもん》も実に愉《たの》しげな表情を浮かべている。

「ハーッ！　ハハハハッ！」

乾は豪快な笑い声を上げながら、手にした筒型爆薬《ダイナマイト》を放り投げた。路上に落ちた爆弾は閃光《せんこう》を上げて弾け飛び、近くにいた者たちを五、六人まとめて吹き飛ばしてしまった。

人々が阿鼻叫喚にうち震える様を見て、乾はゲラゲラと笑っている。

両腕を鋼《はがね》の手甲《てっこう》で覆《おお》ったこの男も、八ツ目と同じく元闇乃武の一員である。乾の格闘術は闇乃武の首領、辰巳《たつみ》から直に学んだものなのだ。

その辰巳は、十四年前、抜刀斎の手にかかって命を落としている。八ツ目は当初、乾が縁の人誅《じんちゅう》に手を貸したのは師の仇討《かたきう》ちのためなのかと思っていたのだが——どうやらそうではないらしい。

この乾天門という男は、単純に派手なことが好きなのだ。ただ昔のように、虐殺《ぎゃくさつ》を愉《たの》しみたいだけなのである。

「祭りの始まりだあああッ！」

乾は逃げようとする者を右腕で殴打《おうだ》しながら、新たな爆薬を左手で放り投げる。勢いよく炸裂《さくれつ》した筒型爆薬《ダイナマイト》の爆風は、駆けつけた警官たちをも無慈悲《むじひ》に肉塊《にくかい》へと変えてしまった。

子供のように「ハハハ！」と、はしゃぐ乾の姿に、八ツ目は肩を竦《すく》めた。

呆《あき》れた男だが、特段、八ツ目にはそれを責めるつもりもなかった。この男がイカレているというのなら、あの騒乱の幕末《じだい》に剣を振るっていた者たちは皆イカレている。

──なあ、そうだろう。抜刀斎。

八ツ目は右手の鉤爪《かぎづめ》を振るい、たまたますれ違った老婆《ろうば》の首を無造作《むぞうさ》にかき切った。

※

逃げ惑う人々の波を掻《か》き分け、四乃森蒼紫は夜の街を走っていた。

背後からは、部下の黒尉がついてくる。これまで黒尉には先行して東京の情報収集を行わせていたのだが、つい今しがた合流したのだ。

情報によれば、この一件の首謀者《しゆぼうしや》は雪代縁というマフィアの頭目らしい。その男は、緋村剣心に深い恨みを抱いているという。

周囲には爆音が響き渡り、あちこちから火の手が上がっている。爆発で怪我《けが》をした人々は痛みと恐怖に咽《むせ》び泣き、逃げることすら出来ずに蹲《うずくま》っている。その中には、幼い子供の姿もあった。

まるで地獄だ、と蒼紫は思う。無抵抗の人々を虐殺することにどんな意味があるというのか。長く修羅《しゅら》の道を歩んできた蒼紫でさえ、この光景には嫌悪感を覚えてしまう。

蒼紫は足を止め、地面に落ちていた紙を拾い上げた。

そこには、「人誅」の二文字。

これは「天に代わって裁きを下す」の意だという。雪代縁が、緋村剣心に対する恨みを、市井《しせい》の者たちへとぶつけているのだ。

こんな卑劣《ひれつ》なやり口を見逃すわけにはいかない。相手にいかなる恨みがあるとはいえ、無抵抗の人間を虐殺することは正当化出来ない。

かつて蒼紫の部下だった江戸城隠密御庭番衆の面々も、虐殺の憂《う》き目に遭《あ》っている。彼らは口封じのために、味方のはずの幕府の手により殺されてしまったのだ。

それを経験した蒼紫だからこそ、目の前の光景は到底許すことが出来なかった。隠密御庭番衆の名にかけて、被害の拡大を阻止せねばならない。

蒼紫は夜空を見上げる。雲ひとつない夜空に、巨大な気球が我が物顔で浮かんでいた。

止めるべき敵の親玉は、あそこにいる。

「あの行方《ゆくえ》を追え。どんな手を使っても構わん!」

黒尉は「分かりました」と頷《うなず》き、人の波の中へと紛《まぎ》れていった。

蒼紫もまた、走り始める。

御庭番衆として──かつての江戸《このまち》の守護者として、雪代縁を止めるために。

※

緋村剣心は焦っていた。

息を荒らげながら、人々の間を縫《ぬ》うように駆ける。

誤算だった、と思う。縁の一派が周囲の人々を狙ってくるのはわかっていたが、ここまで大々的に仕掛けてくるとは思ってもみなかった。

剣心が見慣れた東京の街並みは、すっかり変わり果ててしまっていた。

立ち並ぶ建物は火炎と煙にまみれ、道には瓦礫《がれき》が散乱している。年の瀬を楽しんでいた人々の顔からは笑顔が消え、恐怖と哀しみに染まっていた。

これでは、まるで戦争である。

──縁、お前はここまでやるのか……？

と、そのとき、ほど遠くない場所に光芒《こうぼう》が走ったのが見える。爆薬の光だ。

「!?」

なんと、近くの火《ひ》の見櫓《みやぐら》の支柱に砲弾が直撃したのだ。木製の櫓はいともあっけなく、音を立てて崩れていく。

「きゃあああああっ！」

女性の悲鳴が響いた。櫓の真下に、逃げ遅れた子供の姿がある。

剣心は南無三《なむさん》、とばかりに地を蹴《け》った。すぐさま子供を抱え上げ、横に飛びのく。すんでのところで、子供を瓦礫の崩落から救出することが出来た。

巻き上がる土埃《つちぼこり》の中で、剣心は抱きかかえていた子供から手を離した。

「大丈夫でござるか」

「あ……ありがとうございます」

母は声を震わせながら、頭を下げた。

子供の方は目に大粒の涙を浮かべながら、母親にひしとしがみついている。よほど怖い思いをしたのだろう。

これもすべて拙者《せっしゃ》のせいなのか——。

逃げる母子の背を見つめながら、剣心は奥歯を嚙《か》みしめる。胸に蘇《よみがえ》るのは、先日、縁から告げられた言葉だ。

——抜刀斎、俺がお前に与えたいのは痛みではない。苦しみだ。

苦しみ。それならもう剣心は、十分過ぎるほど感じていた。

目の前で、これだけ多くの人々が不幸な目に遭わされているのだ。剣心がその苦しみを認めることで人々への責め苦が止まるのなら、いくらだって認めてやってもいい。

しかし剣心がいくら言葉を連ねたところで、縁は止まらないだろう。復讐鬼《ふくしゅうき》と化した人間に、言葉は通じない。こうなってしまった以上、剣を交わす以外に手はないのだ。

と、そのとき、土煙の向こうに動くものの姿を捉えた。

「…………」

身の丈六尺はありそうな大男が、ゆっくりと歩いてくる。

年のころは四十前後。その顔や手足には無数の刀傷が刻まれている。歴戦の勇士という風貌《ふうぼう》だった。

特に目を引くのは、その男の右腕である。男の右腕には、巨大な大砲の砲身がくくりつけられていたのだ。

アームストロング砲。幕末最強の兵器として恐れられた大砲である。

――奴の仕業《しわざ》か……！

剣心は刀を抜き、大男へと向かって走った。

大男の方も剣心を認め、にやりと笑みを浮かべる。

男は、すぐに右腕の大砲を取り外し、地面に投げ捨てた。

いったいなにをする気なのか——。見れば男は、背中に背負っていた別な重火器を、すぐさま右腕に取り付け始めたではないか。

アームストロング砲よりは小振りだが、円形に並んだ銃口は凶悪そのもの。その重火器の恐ろしさは、以前剣心も武田観柳《たけだかんりゅう》の屋敷で思い知らされている。

回転式機関砲《ガトリングガン》である。

「——うがあああああああッ！」

大男は咆哮《ほうこう》を上げながら、右腕の機関砲を乱射する。五月雨《さみだれ》のような銃弾の群れが、容赦《ようしゃ》なく剣心に襲いかかった。

毎分二百発もの弾丸を放つ回転式機関砲は、相手に反撃の暇すら与えない。継続的な制圧力ならば、アームストロング砲をも凌《しの》ぐのである。

しかし、それはあくまで並の兵士を相手にする場合の話。いかに機関砲とはいえど、飛《ひ》天御剣流《てんみつるぎりゅう》の速度を捉えきれるものではない。

剣心は地を蹴り、壁を蹴り、屋根を走り、大男を翻弄《ほんろう》していた。間断なく放たれる銃弾の雨を紙一重《かみひとえ》で躱《かわ》し続け、次第に敵との距離を詰めていく。

隻腕《せきわん》の男を逆刃刀《さかばとう》の間合いに捉えるまで、ものの数十秒とかからなかった。

「なっ——!?」

常人離れした剣心の身のこなしに、男が目を見開く。

その顎先《あごさき》に向けて、剣心は思い切り逆刃刀を叩きこんだ。

※

八ツ目無名異は、とある民家に押し入っていた。

「抜刀斎はここにいるか？」

侵入は、ここでもう三軒目だ。戸口を蹴破り、筒型爆薬《ダイナマイト》をチラつかせると、大抵の住民は大人しくなる。

この家も同じだった。大人も子供も老人も、皆怯《おび》えながら首を振っている。

またハズレか、と八ツ目は肩を竦《すく》める。まあ、そもそもすぐに抜刀斎が見つかるとは思っていない。適当に殺しを楽しみながら、奴を探すのが上策だろう。

無関係の者たちをいたぶっていれば、抜刀斎《ヤツ》は必ず飛び出してきますヨ——。雪代縁もそういっていた。他人の流儀に乗っかってみるというのも、また一興だ。

八ツ目は、手にした爆薬に火をつけた。

「奴にくれてやれ……！」

女子供が悲鳴を上げるが、それは八ツ目にとって心地好い清涼剤でしかない。八ツ目は問答無用で爆薬を家族の前に放り投げた。

一家団欒《だんらん》での一家爆殺。家族仲良く死ねるなら本望だろう――。八ツ目は含み笑いを浮かべていたのだが、しかし、爆破は失敗に終わった。

放り投げた爆薬の導火線が、踏みにじられてしまったのだ。

爆薬を無力化したのは、謎の闖入者《ちんにゅうしゃ》だった。いつの間に現れたのか、静かな闘気を纏《まと》った長身の男が八ツ目のすぐ隣に立っていた。

黒ずくめの装束に、手には長い太刀《たち》。眉間《みけん》に深く皺《しわ》を刻んだ陰気な男だ。

長身の男は怯える家族に目を向け、「行け」と告げる。家族は取るものも取りあえず、ばたばたと家を飛び出していった。

「……何奴《なにやつ》？」

「外法《げほう》の悪党は、外法の力を持って更なる闇へと葬《ほうむ》り去る。それが隠密御庭番衆の最後を締めくくる、頭《かしら》としての務めだ」

男は長刀の柄に手をかけ、八ツ目の方へと躍りかかってきた。

素早い踏みこみだが、八ツ目にとってはさほどの脅威《きょうい》でもない。男が長刀を引き抜きざまに、左から袈裟《けさ》切りを仕掛けてくるのは読めていたからだ。

ならば左の鉤爪《かぎづめ》でその斬撃を受け止め、右でその端整な顔面を引き裂いてやる——！

しかし、八ツ目の読みは見事に裏切られることになる。

斬撃は、左から来ただけではなかった。右からも同時に八ツ目を襲ったのである。

「……なっ!?」

八ツ目は両腕の鉤爪を振るい、間一髪《かんいっぱつ》、左右からの同時攻撃を防いだ。

目の前の男が握っていたのは長刀ではなかった。左右二刀の小太刀だ。あの長い鞘《さや》には、一振りの長刀ではなく、二振りの小太刀が隠されていたのである。

男は表情を変えぬまま、小太刀の乱撃を放った。

容赦のない太刀筋である。防御が一瞬でも遅れれば、八ツ目の首は切り落とされてしまうだろう。

無粋《ぶすい》な男だ、と八ツ目は眉《まゆ》を顰《ひそ》める。八ツ目無名異は、己の愉《たの》しみを他人に邪魔されることが、なによりも気に障《さわ》るのだ。

「なんだ貴様はッ……！　邪魔をするなああッ！」

鉤爪を大きく振り抜き、男から距離を取る。

男は表情を変えず、小太刀を構えた。

交差した二刀の刃が、鋭い煌《きら》めきを放っている。

※

繰り返し響く爆発音を遠くに聞きながら、薫はじっと耐えていた。

街の混乱は、刻一刻と悪化している。弥彦や他の門下生たちの顔色も、次第に深刻なものになっているようだった。

左之助もまた夜空を見上げながら、苛立《いらだ》ちを露わにしていた。

「……畜生《ちくしょう》！　あいつら！」

居ても立っても居られないのだろう。それは薫も同じだ。しかし、今自分たちがこの場を離れたら、弥彦たちを守ることが出来なくなる。

剣心は無事だろうか、と薫は思う。きっと今頃、街の人達を守るために闘っているのだろうが、帰りが遅すぎる。

蒼紫や操も同じだ。飛び出していったまま戻ってこないし、なにか厄介《やっかい》なことに巻きこまれている可能性がある。

今の自分が出来るのは、彼らの無事を祈ることだけ――。薫が竹刀《しない》の柄を強く握りしめていると、門の方に人の気配がした。

見れば見知らぬ青年が、ずかずかと道場の敷地に入りこんでくる。

左之助は「あ？」と眉を顰めた。

「誰だ、お前？」

青年は答えず、まっすぐに薫たちの方へと近づいてきた。

洒落《しゃれ》た色眼鏡《いろめがね》に、灰色がかった白髪。中華風の胴着を身につけ、肩には大きな麻袋を担《かつ》いでいる。その引き締まった体つきは、武術家特有のものだ。

青年の呪いを帯びた眼差しを見て、薫はすぐに理解した。この男が、雪代縁なのだ。

「ああ、お前か。剣心の義理の弟ってのは」

左之助が、縁に詰め寄った。

「あいにく剣心はここにはいねェ。けどよ、おめえがわざわざ喧嘩《けんか》を売りに来たってんなら、俺が全部買い取ってやるぜ」

喧嘩屋らしい挑発文句だ。

縁も縁で、「試すか？」とその挑発に乗ってきた。担いだ麻袋を無造作《むぞうさ》に脇に投げ捨て、左之助に挑戦的な視線を向ける。

「大口叩いてくれんじゃねェか、この色眼鏡ェェェ！」

左之助が右拳を握りしめ、縁に殴《なぐ》りかかった。

相手の頬骨《ほおぼね》を砕かんばかりの鋭い拳打だ。幾多の猛者《もさ》を打ち倒してきた、喧嘩屋斬左《ざんざ》の必殺の拳である。

しかし、それも縁には通用しなかった。左之助は拳を片手で軽くいなされ、当て身による反撃を受けてしまったのである。

「――んぐうっ！」

腹部に強烈な一打を浴びせられ、左之助の身体《からだ》は大きく後方へと吹っ飛んでいた。

体勢を立て直し、縁に再度殴りかかろうとするも、結果は同じだった。鋭い蹴《け》りによる反撃を食らい、仰向《あおむ》けに倒されてしまう。

「左之助っ……！」

薫は目を見開いた。

縁のあの動きは、中国拳法だ。

薫も詳しく知らないが、流れるようなその体捌《たいさば》きが達人級のものだということはわかる。

あの左之助ですら、まるで手も足も出ないのである。

左之助は何度となく倒されながらも、懸命に縁に向かっていく。

両者の実力差は明白だ。縁の薄笑いを見る限り、あの男はほとんど本気を出しているようには見えない。左之助をおちょくるかのように翻弄《ほんろう》している。

縁には、拳も蹴りも通用しない。左之助はそれを悟ったのか、縁に強引に接近し、その両肩をつかんだ。頭突きに持ちこもうとしているのだ。

「喧嘩ってのはよお！　頭ですんだよ、頭でェッ！」

左之助が思い切り頭部を振りかぶったその瞬間、縁もまた頭部を振りかぶっていた。縁は、左之助の頭突きを、己の頭突きで迎え撃ったのである。

ふたりの額が激突し、鈍い音が響き渡る。

一瞬のち、白目を剝《む》いていたのは左之助だった。「ぐあっ」とくぐもった声を漏《も》らし、その場に倒れてしまう。

そのとき、状況を窺《うかが》っていた門下生の山内《やまうち》が、木刀を振り上げた。

「な、舐《な》めるなあああっ！」

自分たちの道場を、部外者には荒らさせない。そんな義憤からの行動だったのだろう。他の門下生たちも、それぞれ木刀を手に縁に向かっていく。

あんたたちの敵《かな》う相手じゃない――薫はすぐに彼らを止めようとしたのだが、すでに遅かった。旋風の如き縁の拳法が、飛びかかった彼らを返り討《う》ちにしてしまったのだ。

縁の放った空中飛び蹴りが、門下生の寺田《てらだ》を仰向けに転倒させる。縁はそのまま寺田に馬乗りになり、落ちていた木刀を拾い上げた。

「なに、しやがる……！」

左之助が這《ほ》う這《ほ》うの体《てい》で、縁に向かう。寺田を救おうとしているのだ。

しかし、縁は無情だった。手にした木刀を大きく振るい、左之助の額を割ったのである。

木刀は中ほどから折れ、左之助は「ぐうっ」と上体を反らす。

縁はその折れた木刀を逆手に握り直した。その尖った先端で、馬乗りにしている寺田の顔面を突き刺そうとしているのだ。

「――――！」

一瞬後に訪れるであろう最悪の状況を想像し、薫は思わず身を竦《すく》める。

しかし、それを食い止めたのは左之助だった。身体を張って寺田の顔面に覆《おお》いかぶさり、縁の振り下ろした木刀の先端を、その背中に受けたのだ。

「あがあああああああああッ！」

背中の肉を抉《えぐ》られ、左之助が地面をのたうち回る。

そんな左之助を蹴り飛ばし、縁はなにやら異国の言葉を呟《つぶや》いていた。『かっこいいねェ』とでも言っているのだろうか。

次いで縁は、薫へと目を向けた。倒れた門下生たちを足蹴にしながら、ゆっくりと薫の方へと歩いてくる。

――この男、私を狙ってる……!?

薫は木刀を握り、身構える。

と、そのとき、縁の背後から左之助の声が響いた。

「待ちやがれェッ……！」

左之助はまだ負けてはいなかった。歯を食いしばり、なんとか立ち上がってみせる。今の左之助を支えているのは、喧嘩屋の意地なのだろう。もはや息も絶え絶えで、立っているのがやっとという状態に見える。

左之助は「うおあああっ！」と気炎を上げ、縁に突進をしかけた。

「薫に手を出すんじゃねェ！」

しかし、そんな左之助の執念も縁には通じなかったようだ。

縁は左之助の手首を軽く捻《ひね》るように返し、相手の勢いを利用してそのまま後方へと放り投げる。

まるで合気道《あいきどう》だ、と薫は思う。力の流れを操り、柔《じゅう》よく剛《ごう》を制する技術だ。よほどの達人でなければ出来ない芸当である。

軽々と放り投げられた左之助は、猛烈な勢いで道場の壁に激突した。派手な音を立てて壁を突き破り、左之助はそのまま動かなくなってしまう。

「ふん……」

縁は表情ひとつ変えないまま、壁に突っこんだ左之助を冷たい目で見下ろしている。

薫は戦慄する。この男、なんて圧倒的な強さなのだろう。

左之助の異常なタフさは薫もよく知っている。打たれても叩かれても、この喧嘩屋は生半可なことでは倒れないはずなのだ。

それをあの縁という青年は、赤子の手を捻るかのように叩きのめしてしまった。

これまでの敵とは、強さの次元が違うということなのか。

弥彦も木刀を握り、縁へと突撃を仕掛けた。

「や、やあああああああッ！」

だがやはり、縁には敵うべくもなかった。強烈な拳打で迎撃され、木刀ごと弾き飛ばされてしまう。

相手が子供だろうと、縁にはなんの遠慮《えんりょ》もない様子だった。とどめを刺すべく、倒れた弥彦へと向き直る。

——この男、普通じゃない……！

このままではいけない。なんとかして、弥彦だけでも守らなくては。

薫は、強く木刀を握りしめた。

※

操は、ようやく蒼紫に追いつくことができた。

「……蒼紫様！」

蒼紫は現在、死闘を繰り広げていた。とある民家の中で、見ず知らずの家族を守るために剣を振るっている。背後で泣いている小さな子供やその親を救うために、謎の敵と交戦しているのだった。

蒼紫の眼前にいるのは、痩《や》せぎすの忍装束《しのびしょうぞく》の男だった。奇妙な黒い面具で顔を覆った、不気味な男である。両腕の鉤爪《かぎづめ》を器用に操り、蒼紫の小太刀を捌いている。

「チイッ……！」

忍装束の男が、怒濤《どとう》の勢いで鉤爪の連撃を繰り出した。

その速度たるやまさに嵐の如く、蒼紫の小太刀二刀流を持ってしても防戦一方である。

次第に部屋の隅へと追い詰められてしまう。

そういえば、と操は思い出す。男の振るう鉤爪の妙技に心当たりがあったのだ。前に、翁《おきな》が言っていた。「かつて江戸幕府には、ふたつの隠密《おんみつ》組織があったのだ」と。

ひとつは江戸城守護を御役目とする御庭番衆。もうひとつは、上方において幕府に仇《あだ》なす者を排除する暗殺集団、闇乃武である。

ふたつの組織は共に精鋭揃い。実力も伯仲《はくちゅう》しており、東の御庭番衆、西の闇乃武として維新志士《いしんしし》たちに恐れられた——と。

この忍装束の男は、その闇乃武の一員なのだ。

その名は八ツ目無名異。闇乃武には、冷酷非道《れいこくひどう》だが非常に腕の立つ鉤爪使いがいる。そう翁はいっていた。

八ツ目は蒼紫を壁際に追い詰め、薄く口元を歪めた。逃げ場のない蒼紫の首元を狙い、必殺の鉤爪を繰り出したのである。

このままでは致命傷は避けられない——操は息を呑《の》んだ。

「……ッ！」

しかし次の瞬間、蒼紫は攻勢に出ていた。右の小太刀で鉤爪を受け止め、その峰《みね》に重ねるように、さらに左の小太刀を叩きつけたのである。

小太刀二刀流、陰陽交叉《おんみょうこうさ》だ。二刀の交差点に衝撃を集中させることで、鉄すら切断する破壊力を生み出す技である。

この技に斬れぬものはなく、八ツ目の甲鉄の鉤爪もその例外ではなかった。留め金が外れた手甲は、あっけなく弾き飛ばされたのだった。

右腕の武器を失った八ツ目は「ぐううっ！」と呻《うめ》く。

その隙《すき》を見逃す蒼紫ではなかった。素手となった八ツ目の右腕をつかみ、逆一本の背負い投げを放った。八ツ目は背中から床に叩きつけられ、苦痛に顔を歪めている。

さすがは蒼紫様、と操は感心する。逆境から一変、蒼紫は敵を追い詰めた。東西隠密対決は、御庭番衆に軍配が上がったのである。

「ちいっ……！」

八ツ目は舌打ちをしつつ、上体を起こした。

武器を失ってはさすがに蒼紫に敵《かな》わないだろう。操はそう高をくくっていたのだが、八ツ目が手の中に握っているものを見て顔色を変えた。

筒《つつ》状の爆薬だ。導線にはすでに火がついている。

——あいつ、家ごと蒼紫様を吹き飛ばすつもりだ！

操とほぼ同時に、蒼紫も勘づいたのだろう。蒼紫はすぐさま操の胸を、どん、と強く外へ向けて押し出したのである。

「……蒼紫様っ!?」

操は体勢を崩し、家の外へ。地面に尻餅《しりもち》をついてしまう。

戸口から垣間見《かいまみ》えたのは、蒼紫が泣いている子供を抱きかかえる光景だった。

助けに行かなきゃ——そう思った操だったが、それは不可能だった。次の瞬間、強烈な破裂音と共に、家屋は爆炎に包まれてしまったのである。

最悪の光景に、操は息をするのも忘れてしまっていた。

一瞬のち、建物ががらがらと音を立てて崩れていく。操はすぐに瓦礫《がれき》の山に駆け寄った。

半ば炭と化した建材をどけて、蒼紫の姿を探す。

すると——すぐに彼の姿は見つかった。

「……ぐっ……」

崩れた柱の下で、蒼紫はしっかりと子供を抱きかかえていた。側には、その子供の母親らしき女性の姿もある。

母親は、申し訳なさそうな表情で操に告げた。

「この方が、私たちを庇《かば》ってくださって……」

幸い家族は無事のようだが、蒼紫の状態は酷《ひど》い有様だった。身体《からだ》のあちこちに火傷《やけど》を負い、黒装束は血に塗《まみ》れている。とても身動きできる状態ではない。

一瞬、蒼紫と目が合う。その目は操に、「この子を頼む」とでもいっているようだった。操が頷《うなず》くと、蒼紫は珍しく満足そうな表情を浮かべた。それで余力を使い果たしてしまったのか、それきり意識を手放してしまう。

「あ、蒼紫様っ……！　蒼紫様ぁっ！」

蒼紫の肩を揺するも、目を覚ます気配はなかった。

操は夜空を見上げ、「ちくしょう！」と叫ぶ。

なにが人誅だ。緋村との間になにがあったのかは知らないが、蒼紫様を傷つけた償《つぐな》いは、必ずさせてやる――！

夜空に浮かぶ気球はただ無言で、ゆらゆらと操たちを見下していた。

※

鯨波兵庫は、激しい目眩《めまい》に悶《もだ》えていた。先ほど顎先《あごさき》に打ちこまれた一撃が、脳味噌を揺さぶっているのだ。

ぐらぐらと揺れる視界。朦朧《もうろう》とする意識の中で、鯨波はがむしゃらに右腕の回転式機関砲《ガトリングガン》を無我夢中で振り回していた。

「うおおおっ！」

しかし鯨波の右腕は、抜刀斎を捉えることは出来なかった。まるで蝶のように、ひらりひらりと身を躱《かわ》されてしまうのだ。

そのうちに抜刀斎は、再び反撃に転じた。振りかぶった逆刃刀《さかばとう》を、鯨波の腹に叩きこむ。思わず鯨波は「ぐあああああっ！」と苦悶《くもん》の声を上げた。胃の中のものが逆流しそうなほどに強烈な衝撃。もはやまともに立っていることすら出来ず、鯨波は地面に膝をついてしまった。

しかし、抜刀斎の剣は止まらなかった。視認さえ出来ないほどの神速の斬撃が、鯨波の右腕を狙って放たれる。

機関砲の銃身が弾かれ、地に落ちる。これではもはや戦闘はかなわない。鯨波はただ、力なく項垂《うなだ》れることしか出来なかった。

抜刀斎は鯨波から、戦力だけでなく、闘う気力をも奪い去った。

あの時と同じように。

抜刀斎は刀を納め、鯨波に背を向けた。もう勝負はついている。これ以上の戦闘は無意味だと判断したのだろう。

口から血を吐きながら、鯨波は「待てえっ！」と叫んだ。

「抜刀斎いぃッ！　とどめを刺せえええッ……！」

しかし、抜刀斎は応えなかった。なにひとつ言葉を発することなく、ただこの場を去ろうとしている。

それでは駄目なのだ——と鯨波は思う。それでは、自分がここに来た意味がなくなってしまう。

脳裏《のうり》に蘇《よみがえ》るのは、十一年前、鳥羽伏見《とばふしみ》の戦いでの記憶だった。

戦いの趨勢《すうせい》が決し、幕府方が賊軍《ぞくぐん》に堕《お》ちた後のことだ。当時、幕臣だった鯨波は抜刀斎と相対し、右腕を落とされたのである。

大義を失い、剣を握る腕も失った。武士としてはこれ以上生きている意味はない。当時の鯨波は死を願ったのだが——抜刀斎はそれに応じなかった。鯨波に背を向け、そのまま去った。

以来、鯨波を待っていたのは負け犬としての人生だった。日々に希望も持てず、生きる意味も見出《みいだ》せない。そんな灰色の日々だ。

長年幕府に身を捧げてきた鯨波にとって、明治政府《てき》の作り上げた世の中で生きていくなど、死よりも耐え難い屈辱《くつじょく》でしかなかった。

抜刀斎の背に向け、鯨波は叫んだ。

「貴様らは……維新によって侍《さむらい》から誇りを奪い、貴様は俺から死に場所を奪い去った……！　今度こそ……その手で、俺に死に場所を与えろッ！　それが貴様の責務！　とどめを刺せえええッ！」

抜刀斎は足を止め、「済まぬ」と告げた。

「拙者《せっしゃ》はこの逆刃刀に、もう人は殺《あや》めぬと誓った。新しい時代に生きてくれ」

「ならば、この腕を切り落としてくれええっ！　この血塗られた腕がある限り——」

俺はあの時代に囚われ続けることになる——。

そう続けようとした矢先、鯨波の身体は自由を奪われていた。その場に駆けつけた警官隊が、数人がかりで鯨波を羽交《はが》い締《じ》めにしているのである。

「抜刀斎、抜刀斎ぃぃぃぃっ!!　殺せっ！　殺してくれえええええっ！」

あらん限りの力で叫んでも、抜刀斎は何も応えなかった。その小さな背は、夜の闇の中へとすぐに消えていく。

「動くな！」「貴様、大人しくしろ！」

警官たちに身体を拘束《こうそく》されながら、鯨波は絶叫する。憚《はばか》ることもなく、溢《あふ》れるような涙を流す。

己にとっての唯一の希望——抜刀斎の齎《もたら》す死が、もう決して齎されないことを知ってしまったのだから。

※

隻腕《せきわん》の大男を倒し、剣心は神谷道場への道を急いでいた。

襲撃は街のいたるところで同時多発的に行われている。もしかしたら道場にも、縁の手が伸びているのではないか——。そんな予感が胸をよぎったのである。

そして、その悪い予感は的中した。

神谷道場の門をくぐった剣心が目にしたのは、惨憺《さんたん》たる光景だった。門下生たちが傷つき倒れ、苦しげに呻き声を上げている。

剣心は己の身体から、すうっと血の気が引いていくのを自覚した。

腕を折られた者。額を割られた者。足が変な方向に曲がってしまっている者もいる。無事な者は皆無だった。皆、揃って意識を失っている。

倒れている者たちの中には、左之助の姿もあった。上半身が道場の壁を突き破り、手足をだらん、と弛緩《しかん》させている。

「左之ッ！」

剣心はすぐに左之助に駆け寄り、その傷だらけの身体を抱き起こした。

左之助は剣心を認め、うっすらと目を開ける。

「……け、剣、心……」

左之助が、ごぽりと血を吐いた。

折れた肋骨《ろっこつ》が内臓に突き刺さっているのだろう。全身が痣《あざ》と血にまみれ、呼吸は酷く荒い。今の左之助は、生きている方が不思議なくらいの重傷を負っていた。

あの頑健自慢の左之助が、ここまで叩き伏せられてしまうとは。神谷道場は、いったいどれほどの強者《つわもの》に襲われたというのか。

剣心が眉《まゆ》を顰《ひそ》めていると、ぐすっ、ぐすっ、と鼻を啜《すす》る音が聞こえてきた。建物の中からだ。誰かの泣き声が聞こえる。

剣心が道場を覗《のぞ》くと、弥彦の姿があった。道場の壁に背を預け、膝を抱えて座っている。

剣心の姿に気づくと、弥彦は真っ赤に泣きはらした顔を上げた。その頬《ほお》には、大きな痣が出来ている。

「すまねェ……すまねェ……。薫がさらわれた……」

弥彦の呟《つぶや》きに、まさか、と思う。そういえば確かに、薫の姿がない。いい知れぬ恐怖が、剣心の身体を支配する。

「なにも出来なかった。ただ見てるだけで、なにも」

剣心がいない間、神谷道場ではいったいなにがあったのか。

弥彦は俯《うつむ》き、ぽつりぽつりと語り出した。

※

縁に殴《なぐ》り飛ばされた弥彦は、必死に立ち上がろうとしていた。

しかし殴られた衝撃のせいか、意識が変に朦朧としていて、うまく立ち上がれない。木刀を握り直すことすら困難な状態に陥《おちい》っていた。

――動けよ！　どうして動かねェんだ！　俺の身体ッ……！

ぐらぐらと揺れる視界の中で、弥彦は己の弱さを呪った。

たった一撃。頬を殴られただけでこの体《てい》たらくである。今の自分の力では、あの縁という男を止められない。悔しさと無力感とが、弥彦を強く苛む。

そんな弥彦を庇《かば》うようにして、薫が立ちはだかった。木刀を握り、縁をまっすぐ睨《にら》みつけている。

対する縁は、そんな薫の姿を見て、つまらなさそうに鼻を鳴らした。異国の言葉でなにかを呟いている。

『人を活《い》かす剣……下らねえ』

縁は、視線を道場奥の壁に向けた。そこに書かれているのは「活心真如」の四文字。薫の父親が遺《のこ》したものである。

縁はおもむろに、落ちていた木刀を拾い上げた。その木刀を振りかぶり、書の入っていた額縁に向けて放り投げる。

書が額縁ごと落下したのを見て、縁は昏《くら》い笑みを浮かべた。まるで神谷活心流の信念そのものを、全否定するかのように。

薫は表情を強《こわ》ばらせながらも、縁を強く睨みつけた。

「……お前が、雪代縁か」

「だったらどうスル？」

「私や剣心を殺しても巴さんは戻ってこない……。怒りに囚われたまま、貴方《あなた》は人の心を失っていくだけ」

諭《さと》すように薫が告げると、縁の眉がぴくりと動いた。その目には、静かな怒りが浮かんでいるようにも見える。

「なぜお前が知っている」

「……えっ？」

「聞いたのカ？　抜刀斎から……姉さんの名前を！」

薫が応える前に、縁は動いていた。この男にとっては、巴の名を出すこと自体が許されざる罪だったのだろう。

縁は素早い動きで薫に近づくと、薫の握る木刀の切っ先を押さえた。そのまま木刀を強く押しこみ、柄の部分を薫の鳩尾《みぞおち》に叩きこんだのである。薫は抵抗する間もなく、縁の足元にどさりと崩れ落ちてしまった。

弥彦はそれを、ただ黙って見つめていることしか出来なかった。

己の弱さを、強く噛《か》みしめながら。

※

嗚咽《おえつ》を漏《も》らす弥彦の頭にぽんと手を置き、剣心は道場を離れた。

慰めはいらない。弥彦なら、必ず自力で立ち上がる事が出来る。剣心はそう信じている。

そのときふと、庭に麻袋が転がっているのが目に留まる。大の大人がひとり、中にすっぽりと収まりそうなくらいの大きな麻袋だ。

剣心は妙な胸騒ぎを感じ、麻袋を開いた。

中に入っていたものを見て、剣心はごくりと息を呑《の》む。

死体だ。

白目を剝《む》いて死んでいたのは、見覚えのある派手な頭の男――。それはつい最近、剣心が京都で闘った、志々雄の配下である。確か〝刀狩り〟の張といっただろうか。

その張が全身を滅多《めった》斬《ぎ》りにされ、惨殺《ざんさつ》されている。

なぜこの男が殺され、その死体が神谷道場に放置されているのか。

おそらく理由などないに違いない。この死体は、ただの伝言役である。その証拠に死体の左頰には、剣心のものと似たような十字傷が付けられていた。

縁の仕業《しわざ》だ。これは明らかに、剣心に対する挑発である。

死体の口元に目を向ければ、なにか紙片のようなものが飛び出しているのが見えた。剣心はそれを抜き取り、開いてみる。

「――この場所にて人誅《じんちゅう》を成す」

紙片に書かれていたのは、その一文と、とある小島の名のみ。

縁は、剣心をその場所におびき寄せようとしているのだ。

薫を人質にされている以上、剣心に選択肢《し》はない。

剣心は、手にした紙片を手の中で握りつぶした。

※

東京へと戻った斎藤一を待っていたのは、ちらちらと舞う粉雪と、破壊された東京の街並みだった。

家々は崩壊し、あちこちに煙が上がっている。廃墟の前で呆然《ぼうぜん》と佇《たたず》んでいるのは、帰るべき家を失った者なのだろう。焼け焦げた死体の前で、滂沱《ぼうだ》の涙を流している子供連れの姿もあった。

人々の生活は、完全に破壊されていた。

「我ら選抜隊がいない間に、東京でなにが」

斎藤の部下たちは、いずれもみな唖然《あぜん》とした表情を浮かべていた。

それも致し方ないだろう。敵の罠《わな》に陥り、命からがら脱出してきた矢先なのである。その結果、守るべき街が廃墟となってしまっていたら、誰だって思考停止に陥る。

斎藤は眉間《みけん》に皺《しわ》を深く刻みながら、煙草《たばこ》に火を付ける。

今回自分たちは、完全に敵の手の平の上で踊らされてしまっていた。失態という他はない。

だが、と斎藤は思う。これでは終わらない。傷を負わされた狼の恐ろしさを、マフィアの連中に思い知らせてやらねばならない。

斎藤は部下を引き連れ、庁舎へと向かった。

※

薫は、見知らぬ部屋で目を覚ました。

まず目に入ったのは、染みひとつない綺麗《きれい》な天井だ。神谷道場の古びた天井ではない。

ぼんやりと周囲を見渡す。白を基調とした壁には洗練された洋風家具が設置され、観葉植物が緑を添えている。窓の外からは、チチチ、と小鳥のさえずりが聞こえてきていた。

小洒落《こじゃれ》た洋室だ。ほのかに潮の香りが漂っている。

夢でも見ているのかな、と、思う。

薫が横たわっていたのは、身体《からだ》が沈みこむくらいに柔らかい寝台《ベッド》だった。こんなにも良い寝心地の寝床は、これまでの人生で一度も味わったことはない。

寝転んでいると、ふと、ずきり、と腹部に鈍い痛みを感じる。

あれ、どうしたんだろう――。痛む腹を撫《な》でているうちに、薫の脳裏《のうり》に少しずつ記憶が蘇《よみがえ》ってきた。

雪代縁が道場にやってきて。

左之助や弥彦たちが傷つけられて。

そうだった、と、薫はようやく思い出した。自分は縁の拳を受け、気絶させられてしまったのだ。おそらくあのまま拉致《らち》され、この部屋に連れてこられたのだろう。

薫はすぐに飛び起き、周囲の気配を探った。見張りがいる様子はない。昼間だというのに、真夜中のように静まりかえっている。

開いた窓は、窓掛《カーテン》けが風で揺れていた。窓の外には、整然と整備された庭が見える。その庭から一歩外に出れば、鬱蒼《うっそう》とした森が広がっているようだ。

好機だ。薫はすぐに窓を乗り越え、部屋の外に脱出した。振り返ってみればどうやら、自分がいたのは大きな館の一室だったらしい。

ここが、雪代縁のアジトなのだろうか。

薫は身を隠すようにして森に入り、獣道《けものみち》をひた走った。

この森がどこなのかはわからないが、人里に出てしまえばなんとかなるだろう。迷ったとしても、縁に捕らわれているよりはずっとマシだ。

左之助や弥彦は無事だろうか。

剣心にも、また心配をかけてしまっただろうか。

一刻も早く、帰らなければ。

後方の追っ手を警戒しつつ、薫は懸命に走る。木の根や地面に這《は》った蔦《つた》に足を取られながらも、なんとか前へと進む。すると次第に木々が途切れ、視界が明るくなってきた。森の出口が近づいてきたのだ。

これなら逃げ切れるかもしれない――薫は希望に胸を膨《ふく》らませながら、開けた場所へとまろび出る。

しかし、薫の前に広がっていたのは絶望的な光景だった。

垂直に切り立った険しい断崖《だんがい》と、眼下に広がる荒海。どう頑張っても、これ以上は進めそうにない。薫の脱出行は、無情にも終わりを告げたのである。

「――逃げようとしても無駄だ」

突如、背後から声をかけられる。

雪代縁だ。薫が館を脱出したことは、すでにこの男には知られていたようだ。

縁は苛立《いらだ》ったような表情で、薫の方に大股《おおまた》で近づいてくる。

「貴様を殺さねば、人誅は完成しない」

「巴さんは、そんなことを望んでない――」

薫の言葉を遮《さえぎ》るように、縁は「黙れっ！」と叫んだ。

「貴様に何がわかるッ！」

縁は突然、薫の喉《のど》に手をかけた。

薫は「うっ」と苦悶《くもん》の声を漏《も》らす。気道を圧迫されて呼吸が出来ない。強い力で押さえつけられてしまい、抵抗も叶わなかった。

あまりにも苦しくて、涙が浮かんでくる。

しかし、泣いているのは薫だけではなかった。

縁の目にも、大粒の涙が浮かんでいたのだ。

「死ね、死ね、死ねっ！　死《し》ねえっ……！」

不思議なことに、縁が首を絞める力は次第に弱くなっていた。「死ね」という強い呪いの言葉とは裏腹に、気道の圧迫が徐々に緩《ゆる》められていくのである。

まるで、殺すつもりなど最初からなかったかのように。

ああ――と、薫は理解する。

この男は、十四年前の姉の死を乗り越えられていないのだ。

きっと幼い頃に目にした巴の惨殺《ざんさつ》の光景が、心の傷となって縁を苛《さいな》んでいるのだろう。その結果、薫のような若い女性に対し、姉の面影《おもかげ》を見出してしまう。

だから、殺せない。

殺さなかったのではない。殺せなかったのだ。

思えば縁は、神谷道場でも薫を殺せたはずだった。しかしそれをせずに、わざわざこんなところまで拉致《らち》してきた。その事実が、縁の不安定な精神状態を物語っている。

薫は、縁の身体を強く突き飛ばした。

縁はさしたる抵抗も見せず、そのまま地面に倒れてしまう。

「どうして……どうして……哀しそうな顔をするんだ。どうして笑ってくれないんだ……」

縁はぼそぼそと呟《つぶや》きながら、嗚咽《おえつ》を漏らしている。

薫はそれを、複雑な心境で見下ろしていた。

四

縁《えにし》の襲撃を受け、神谷《かみや》道場は壊滅状態に陥《おちい》っていた。

門下生の大半は重体。幸い命を落とした者はいないが、二度と剣を握れない身体にされてしまった者もいる。

あの左之助《さのすけ》ですら、重体なのだ。恵《めぐみ》と弥彦《やひこ》が懸命に看病をしてくれているが、いまだ意識が戻る気配はない。

聞けば、四乃森蒼紫《しのもりあおし》も街の人々を救うために戦い、重傷を負ったらしい。今は操《みさお》が看病をしているが、回復までは相当の時間がかかるそうだ。

——皆、すまぬ。

静寂の支配する剣道場で、剣心《けんしん》はひとり座していた。

道場の皆の顔色は暗い。そのもっとも大きな原因は、薫《かおる》が連れ去られたことにあるだろう。

いつも明るく前向きな彼女は、道場の皆にとって精神的支柱だった。どんな逆境でも、薫さえいれば、皆がここまで活力を失うことはなかったのかもしれない。

剣心は脇に置いた逆刃刀《さかばとう》に目を落とし、嘆息《たんそく》する。

闘うとは決めた。だが剣心は、縁を止められなかった。

あの男の歪んだ正義の前に、数多くの犠牲者《ぎせいしゃ》を生み出してしまったのである。

すべての原因は、過去に剣心が人斬りだったということに起因している。

自分がいるから、こんな状況に陥ってしまっているのではないか。人斬りとしての罪を償《つぐな》うことなど、未来永劫《みらいえいごう》出来ないのではないか——。

そんな思考が、剣心の頭の中でぐるぐると渦《うず》を巻いていた。

ふと、「活心真如《かつしんしんによ》」の文字が目に入る。縁との戦いの最中に叩き落とされたのか、額縁が少し歪んでしまっていた。

あの書は薫の父親が書いたものなのだと、以前彼女から聞いたことがある。人を活《い》かす剣こそが、神谷活心流の理念なのだと。

「人を活かす剣……」

剣は凶器。剣術は殺人術。どんな綺麗事やお題目を口にしてもそれが真実——。かつて剣心は、薫にそう告げたことがある。しかしそんな真実よりも、薫のいう甘っちょろい戯《ざれ》言《ごと》の方が好きだ、とも。

そうだった。思い返せば、それが剣心の出発点だったのだ。

人斬りの罪を償う。そのために人を殺さず、守れる道を探す――。それこそ、巴との間に交わした誓いだったではないか。

まだ闘いは終わっていないのだ。どんな逆境に陥ろうとも、人々を守る。逆刃刀を振ることが出来る限り、それを決して諦めてはならないのである。

一人でも多くの笑顔と、一つでも多くの幸せをこの世に灯すため、不殺《ころさず》の闘いを続ける。

それこそが流浪人《るろうに》、緋村《ひむら》剣心の果たすべき義務なのだから。

そのとき不意に、皆から告げられた言葉が胸に蘇《よみがえ》った。

――私が出会ったのは、剣心っていう『流浪人』よ。

薫はそういって、剣心に居場所をくれた。

――『流浪人』など弱者の逃げ道に過ぎん。

斎藤一《さいとうはじめ》が強者《つわもの》の正義を貫くからこそ、剣心は弱者のために剣を振るえる。

——てめェの力になるために決まってんだろうが！
左之助はいつもそういって、剣心に力を貸してくれる。
——その刀は、あなたがお持ちください。
新井青空《あらいせいくう》は、逆刃刀・真打《しんうち》と共に希望を託してくれた。
——その命は、お前ひとりのためにあるのではない。
師・比古清十郎《ひこせいじゅうろう》から学んだ心と技は、今の剣心を支えるなによりの力だ。
——人を生かす前に、自分を生かすことを考えて。
高荷恵《たかに》の医術には、何度命を救われたことか。
——このひとは、ここで死なせてはならない。私が必ず、命に代えても守る。
そして巴《ともえ》がいたからこそ、今の自分がいる。
あの日の誓いを果たすため、彼女の弟は、この手で止めねばならない。

剣心は逆刃刀を手に取り、立ち上がった。

向かうべき場所はもうわかっている。東京湾上の離れ小島だ。縁は薫を人質に取り、そこで剣心が訪れるのを待っている。

罠《わな》だろうが、一切退く気はない。そこに薫がいるのなら、闘って取り戻すだけだ。

「剣心」

道場を出たところで、弥彦に声をかけられる。左之助のために井戸から水を運んでいたところだったようだ。

弥彦は不安そうな面持《おもも》ちで、じっと剣心を見つめていた。

「行くのか……？」

「弥彦、左之を頼む」

それだけを告げて、剣心は神谷道場の門をくぐった。

次に戻るときは、必ず薫を連れて帰る。そう心に固く決意をして。

縁はなんとか落ち着きを取り戻し、洋館に戻っていた。

神谷薫も、自力での脱出を諦めたのだろう。屋内に戻るように促すと、素直に縁の後をついてきた。今では客間で大人しく過ごしている。

今のところ、なにも問題はない。

※

問題はないのだが――ひとつだけ気になったのは、あの女の目だ。

館までの帰り道、神谷薫は何度かちらちらと縁の様子を窺《うかが》っていた。

脱出の機を窺っていたわけではない。あの女の視線には、なぜか同情や憐憫《れんびん》のような感情が混じっていたのである。

腹立たしいのは、あの女の視線が、不思議と姉のことを思い出させるということだ。

縁が幼い頃、巴はよくああいう目を向けてくれた。縁の寝付きが悪かったり、熱を出したりするたびに、巴は心配そうな目でじっと見守ってくれたのである。

縁は苛立《いらだ》ちのあまり、「くそっ」と舌打ちする。

我ながら、無様な醜態《しゆうたい》を晒《さら》してしまったと思う。よりにもよってあの女に情けをかけられるなど屈辱にもほどがある。

やはり、折を見て早めに始末しておくべきだろう――。縁が頭を抱えながら館の中庭に戻ると、そこには同志二人の姿があった。

乾天門《いぬいてんもん》と八ツ目無名異《やつめむみょうい》だ。

乙和瓢湖《おとわひょうこ》は横浜《よこはま》のニセ武器庫で警官隊に捕らえられた。鯨波兵庫《くじらなみひょうご》も抜刀斎《ばっとうさい》に敗北し、同様に警官に捕縛《ほばく》されている。同志の数は二人減り、今では縁を含めて三人だけになってしまっていた。

だが、取り立てて不都合はない。

人誅《じんちゅう》は今や、完成の一歩手前まで進行していた。あとはあの男に神谷薫の死を突きつけ、絶望の淵《ふち》で殺すだけ。それだけなら極端な話、縁ひとりでも成し遂《と》げることが可能なのだ。

乾がずかずかと大股《おおまた》で、縁の方に近づいてくる。

「抜刀斎を殺すのは早い者勝ち……。それで問題ないな？」

「好きにしろ」

縁は半ば投げやり気味にそう応え、彼らから目を背ける。

乾は満足そうに笑みを浮かべ、八ツ目に視線を送る。

「いくぞ」

乾と八ツ目は、そのまま連れだって広間を出て行った。元・闇乃武《やみのぶ》のあのふたりは、連携して抜刀斎を潰す算段なのだろう。

好きに暴れればいい、と縁は思う。もとより彼らは縁の部下ではなく、同志なのだ。抜刀斎を狙う競争相手に過ぎない。

獲物を横取りされるという心配も、不思議となかった。どのみちあの男との決着は、自らの手で付けることになる――。縁には、そんな確信めいた予感があったのだ。

だが、その決着を付ける前に、ひとつだけ雑事を片付けておく必要がある。

縁は手を打ち鳴らし、廊下《ろうか》に控えていた男を呼んだ。

「……お呼びですカ？」

入ってきたのは、呉黒星《ウーヘイシン》だ。

相変わらずこの小悪党は、顔を合わせるなりじろじろと不躾《ぶしつけ》な視線を縁に向けている。

縁の出方を窺っているのだろう。

構わず、縁は告げた。

「少し早いが、約束通り組織はお前にくれてやる」

「はっ？　それはまたどういう……？」

「まもなく俺の私闘も終わる」

そう短く告げ、縁は呉に背を向けた。

中庭を抜け、私室の武器棚《ぶきだな》へ。抜刀斎との戦いに使う武器を吟味《ぎんみ》する。

残るはあの男との決着だけ。もはや人誅の目処《めど》もついた以上、マフィアを運営し続ける必要はない。縁にとっては無用の長物である。

呉とて、長らく組織の頭目の座を狙っていたのだ。文句はないだろう。

縁はそう考えていたのだが、どうやら呉の思惑は少し違っていたらしい。

「……そう簡単にことは進まないナ、ボス」

背後から、呉に声をかけられる。

「日本の警察はここを嗅《か》ぎつけつつある。ボスが敗れて再び警察に引き渡されたりすれば、今度こそ――」

「黒星ッ！」

縁が怒鳴りつけると、呉はびくりと背筋を伸ばした。

縁はすぐさま武器棚から刀を抜き放ち、その切っ先を呉の首筋に突きつけた。

「てめェ、今なんて言った？　てめェは俺が、万が一にでも負けるとでも思っているのカ？」

「あ、いや、決してそんなことは……」

縁の恫喝《どうかつ》を受け、呉はあからさまな怯《おび》えを見せていた。

いろいろと策謀《さくぼう》を巡らす男だが、性根はただの小心者なのだ。これで組織を率《ひき》いようとしているのだから、お笑い草というものである。

縁は刀を引かず、続けた。

「一刻内に消えろッ！　これ以上口を出すならお前も消すぞッ！」

呉は「うぐっ」と狼狽《うろた》え、押し黙ってしまった。そのままなにも反論することなく、真っ赤な顔をして武器庫を出て行く。

縁は、ふん、と鼻を鳴らし、刀の吟味を始めた。

つまらない俗物になどかまけている場合ではない。今の自分にとって最も重要なのは、抜刀斎との決戦なのだ。

※

腸《はらわた》が煮えくりかえる。この国では、激しい怒りのことをそう表現するという。

呉黒星はこのとき、まさにそんな状態に陥《おちい》っていた。雪代《ゆきしろ》縁に虚仮《こけ》にされたことが、とても腹立たしいのだ。

これまで呉は組織のナンバー2として、あの男に対して色々と骨を折ってやったのである。なのに、あの横柄《おうへい》な態度はいったいなんなのか。そもそも組織を「くれてやる」などという時点で、思い上がりも甚《はなは》だしいではないか。

あんな男、少し武芸に通じているだけの小童《こわっぱ》に過ぎない。金や情報の使い方すらわからない凡人なのだ。決して組織の長《おさ》の器《うつわ》ではない。

組織を率いるのに相応《ふさわ》しいのは、自分のように頭の回る人間である——と呉は常々思ってきた。自分が頭目ならば、もっと組織を拡大できる、と。

組織を牛耳《ぎゅうじ》るためとはいえ、あんな小童を必死に持ち上げていた自分が馬鹿馬鹿しく思える。どうせなら殺し屋でもなんでも使って、もっと早く排除しておけば良かったのかもしれない。

呉が怒りを覚えながら廊下を歩いていると、護衛《ボディガード》の四星《スーシン》らが声を掛けてきた。

「……このまま尻尾《しっぽ》を巻いて、身を引くのですか?」

「五月蠅《うるさ》いッ!」呉は、苛立ちをぶつけるように四星を怒鳴りつけた。「抜刀斎を殺し、その後で雪代縁も殺す……!」

と、そこで横合いから「呉さん」と声をかけられる。

声をかけてきたのは、柔和《にゅうわ》な笑みを浮かべた青年だった。幼い顔立ちをしているせいか、まだ少年といってもいいような外見である。組織の新顔だろうか。

青年は、爽《さわ》やかな笑みを浮かべ、ゆったりとした足取りで呉へと近づいてきた。

「煉獄《れんごく》の件ではお世話になりました。僕にうってつけの仕事があると聞いたのですが」

いわれて、呉は「ああ」と思い出す。

この青年の名は瀬田宗次郎《せたそうじろう》。

瀬田は、志々雄真実《ししおまこと》配下の精鋭『十本刀《じゅっぽんがたな》』のひとりであり、志々雄がもっとも信頼を置いていた部下だという。穏やかな外見に似合わず、振るう剣は冷酷《れいこく》にして苛烈《かれつ》。天賦《てんぷ》の才能による剣、「天剣」の使い手だと評されていたらしい。

この瀬田宗次郎は、最近、四星たちが組織の戦力拡充のために声を掛けたといっていた。

いいところに現れた、と、呉はほくそ笑む。

この「天剣」の青年を上手《うま》く使えば、あの小生意気な縁を出し抜くことが出来る。ただ組織を奪うだけではなく、長年の恨みを晴らせるのだ。

どうやら文字通り、天は呉の味方らしい。

※

東京湾を小舟で進むこと一刻半。

夜の闇に紛《まぎ》れるようにして、剣心は単身、その孤島へと辿《たど》りついた。

島の中央部に目を向ければ、威圧的な雰囲気《ふんいき》が漂う巨大な館が鎮座しているのが見える。あれが雪代縁のアジトなのだろう。薫もおそらくはあの場所にいる。

剣心は唇を引き結び、館へと向かった。

建物に近づくにつれ、警備の物々しさがはっきりとわかってくる。

屋敷周辺には鉄条網《てつじょうもう》が張り巡らされ、正面以外からの侵入はかなわない。敷地内にも、武装したマフィアの構成員たちが多数巡回している様子が窺《うかが》える。まるで要塞《ようさい》のような警備態勢だ。

しかし剣心は足取りを緩《ゆる》めなかった。なんら臆することなく、まっすぐに洋館の正門へと向かっていく。

これが縁の挑戦だというのなら、すべて迎え撃つまで。

あの男の「人誅」という確固たる信念を打ち砕くためには、こちらも正々堂々、信念をぶつけるしかないのだ。

洋館の門の前に立っていたふたりの門番が、剣心の姿を認めて近づいてくる。

「おいッ！　貴様！　止まれッ！」

ひとりが咄嗟《とっさ》に刀を抜こうとしたのだが、それは出来なかった。剣心はそれより一瞬速く、その男の腰にかかった手を捻《ひね》り上げていたのである。そのまま身体《からだ》ごと地面に叩きつけ、すぐさまもうひとりの門番にも強烈な当て身を見舞う。

この程度の相手に、刀を抜く必要もない。剣心は見張りを気絶させたことを確認すると、敷地の中へと足を踏み入れた。

するとほどなく、前方から「ほう」と感心したような声が聞こえてくる。

「お前が抜刀斎か」

「待ちわびたぞ」

剣心を待っていたのは、ふたつの黒い影だった。

ひとりは甲鉄の手甲《てっこう》を身につけた偉丈夫《いじょうふ》。色黒で、幾本もの房《ふさ》のように束ねられた髪は羅甸《ラテン》人を思わせる様相である。

もうひとりは、異形《いぎょう》の黒い面具を身に着けた男だった。両腕に鋭い鉤爪《かぎづめ》を装着している。

ふたりの黒い男は、共に剣心へと好戦的な視線を送っている。両者とも、歴戦の猛者《もさ》といった佇《たたず》まいだ。

ふたりの背後には、日本刀で武装した構成員たちの姿があった。皆、中華風の胴着に、鬼を模したような仮面を纏《まと》っている。

その数、ざっと三十。一度に相手にするには、骨が折れる数だ。

だが、ここで立ち止まるわけにはいかない。剣心は逆刃刀《さかばとう》を抜き放ち、その切っ先を敵の方へと向けた。

ふたりの猛者は、にいっと不敵な笑いを浮かべる。

それが戦闘開始の合図になった。まず仕掛けてきたのは仮面の男たちだ。刀を振り上げ、一斉に剣心へと突撃をしかけてきたのである。

「俺がやる！」「いや俺だっ！」「うおおおおおおッ！」

剣心は冷静に、己に向けられた無数の剣を迎え撃った。最小限の動きで目の前の敵の斬撃を躱《かわ》し、すかさず死角に潜りこんで一撃を叩きこむ。

その戦法で数人を仕留めた後も、剣心は止まらない。戦場を飛び回りながら積まれた荷の紐を逆刃で斬り、敵の群れを荷崩れに巻きこんで仕留めた。

対集団戦法の肝《きも》は、まず敵の陣形を崩すことにある。それはかつて剣心が師に学び、幕末の戦場で身をもって体得した極意である。

敵の数は多くとも、並みの剣技では飛天御剣流《ひてんみつるぎりゅう》を止めることは出来ない。剣心の振るう逆刃刀は、着実に敵の戦力を削っていたのである。

しかし、連中もそう簡単に縁の元へはたどり着かせてくれないようだ。

「――ウルァァァァァッ！」

仮面の男たちの攻勢の間隙《かんげき》を縫《ぬ》うようにして、手甲の男と鉤爪の男が、同時に剣心に攻撃を仕掛けてきたのである。

「――ウルアアアアアッ!」

手甲の男は、その防具の重さを感じさせないような軽快な動きで剣心に接近する。突進に続けての連続拳打。宙返りからの回し蹴《げ》り。その卓越した体術は脅威《きょうい》そのものだ。甲鉄の手甲による破壊力も加味され、剣心も迂闊《うかつ》に仕掛けることが出来ない。

一方、鉤爪の男もかなりの達人のようだ。手甲の男の派手な技を目眩《めくら》ましに、死角からその鉤爪を繰り出してくる。おそらくは隠密《おんみつ》の戦術なのだろう。剣心が気を抜いた瞬間に、急所を抉《えぐ》るつもりなのだ。

剣心は彼らの攻撃を紙一重《かみひとえ》で捌《さば》きながら、そういえば、と思い出す。かつて、剣心は彼らのような使い手と死闘を繰り広げたことがあった。

熟達した体術使いと、残虐《ざんぎやく》な鉤爪使い。

十四年前、巴を救うために向かったあの森で、彼らのような技を使う忍《しのび》と闘った。目の前のふたりは、その残党というところだろう。

——彼らも、拙者《せっしゃ》に恨みを持つ者だということか。

両者の気迫は、並大抵のものではなかった。この十四年、彼らが身の内に溜めこんできた怒りと憎しみを、あらん限りの力で剣心にぶつけてきているように思える。

剣心は次第に追い詰められ、息を荒らげていた。

一時は無力化したはずの仮面の男たちも、態勢を立て直しはじめている。新たに館の中から現れた兵力も加わり、剣心はいつの間にか包囲されてしまっていた。

包囲網はじりじりと狭くなり、脱出も難しい。

どうする——。剣心が逆転の一手を考慮《こうりょ》していた矢先、

「——とぉりゃあああああああああああッ！」

突然、少女がひとり、屋根の上から飛び降りてきた。

彼女は剣心の側に着地するなり、手にした小太刀《こだち》で近くの敵を叩き伏せる。

「緋村ぁっ!!　ひとりで闘うなんて水臭《みずくさ》いで！」

突然の少女の乱入に、思わず剣心は目を丸くしてしまう。蒼紫の看病をしていたはずの彼女が、まさかこんなところに現れるなんて。

「操殿……！」

「江戸《えど》御庭番衆《おにわばんしゆう》御頭《おかしら》、四乃森蒼紫名代・巻町《まきまち》操、見参なり！」

操は小太刀を振りあげ、果敢《かかん》に敵へと名乗りを上げる。

そんな彼女の後に続くようにして、黒ずくめの忍装束《しのびしようぞく》の男たちが次々と現れた。中にはちらほら、剣心も見知った顔もある。あれは京都の御庭番衆だ。

そんな御庭番衆に続いて、警官隊も現れる。濃紺《のうこん》の制服に身を包んだ数十名の帯刀警官たちが、「うおおおっ！」と雄《お》たけびを上げ、乗りこんできたのだ。

警官たちの後に続いて、咥《くわ》え煙草《たばこ》の男が悠然《ゆうぜん》とした足取りでやってくる。

その鋭い眼差《まなざ》しは見間違えようもない。斎藤一である。

「これは俺の仕事だ」

斎藤は剣心にそれだけを言い捨て、刀を抜き放った。すぐに警官たちの方へと向き直り、敵鎮圧の指揮を始める。

御庭番衆も警察も、それぞれ独自の調査でこの場所に辿《たど》り着いていたのだろう。

ありがたい、と剣心は素直に思う。彼らの助力がなければ、数に押し負けてしまっていたかもしれない。

だが、剣心に手を貸そうとする者は、彼らだけにとどまらなかった。

門の外から「うおりゃあああっ！」と力強い咆哮《ほうこう》が聞こえてくる。

左之助だ。意識不明の重体だったはずの左之助は、いったいどこから運んできたのか、巨大な荷車を押しながら現れた。まるで陸蒸気《おかじょうき》のような全力疾走だ。そのまま門を過ぎても一切速度を落とさず、猛烈な勢いで敵の群れへと突っこんでいく。

なんという力業《ちからわざ》なのか。剣心を囲んでいた仮面の男たちも回避しきれず、あらかた左之助に薙《な》ぎ倒されてしまった。

もっとも、左之助の方も無傷では済まなかったようだ。衝撃で地面に投げ出され、「痛ってえ」と顔をしかめている。傷口が開いたのか、身体に巻いた包帯には血が滲《にじ》んでしまっていた。

毎度毎度、無茶なことをする男だ――。剣心が呆気《あっけ》に取られていると、左之助は上体を起こし、にっと白い歯を見せた。顎先《あごさき》を館へと向け、叫ぶ。

「剣心、行けえッ！」

操も鉤爪《かぎづめ》の男と組み合いながら、「行けッ！　緋村ッ！」と剣心に告げる。

操に斎藤、そして左之助。ここは彼らの力を頼りにするべきだろう。自分には、ここで立ち止まっている時間はない。縁との決着をつけ、薫を救わねばならないのだ。

剣心は彼らに背を向け、洋館へと向かって走り出した。

※

屋敷の前庭を抜け、剣心はようやく本丸の館へと到達する。

扉を開いた剣心を待っていたのは、嵐の如き銃弾の洗礼だった。玄関広間の踊り場《バルコニー》に待機していた仮面の男たちが、剣心に向けて拳銃の集中砲火を放ってきたのである。

「……！」

剣心は逆刃刀《さかばとう》で銃弾を弾き、咄嗟《とっさ》に飛び退いた。追いすがる銃弾の雨から逃れるべく、床を蹴り、壁を蹴り、階段を蹴って広間じゅうを駆けまわる。

一発一発の銃弾を躱《かわ》すのはさほど難しいことではない。しかし、いくら剣心とて、無限の銃撃を躱し続けるのは不可能だ。体力が底をついてしまう。

逃げの一手に徹する剣心の姿を見て、「うわっはっは！」と下品な笑い声が上がった。

「今のは惜しかったぞ！　回り込んで撃て！」

片眼鏡《モノクル》に髭面《ひげづら》、派手な身なりをした中年の男だ。下《した》っ端《ぱ》に偉そうに指示を出していると
ころを見れば、組織の幹部なのだろう。

片眼鏡の男は笑いながら、剣心に向かって手にした二丁拳銃を乱射し続けている。

あの男が幹部だというのなら、話は早い。

剣心は銃弾を躱しながら、高く空中に跳躍した。そのまま身体《からだ》を捻《ひね》って片眼鏡の男の足元へ。飛びこみがてら剣を振るい、男の握っていた拳銃を弾き飛ばす。

まさか剣心が一瞬のうちに間合いを詰めてくるとは思っていなかったのだろう。片眼鏡の男は、驚いた拍子に尻餅《しりもち》をついてしまっていた。

剣心は男を見下ろし、冷たく言い放つ。

「……お前の遊びに付き合っている暇はない」

「あ……遊びだと！　舐《な》めた言い草をっ！」

男は額に青筋を浮かべながら、部下たちに介抱されている。

時間が惜しい。剣心は男に背を向け、屋敷の奥へと向かって歩き出した。

しかし、片眼鏡の男はまだ諦めてはいないようだった。剣心の背後で、なおも吠え続ける。

「こちらには最高の切り札があるッ！」

男がいうや否《いな》や、剣心の行く手を遮《さえぎ》るように、帯刀した仮面の男たちが現れた。この連中が男のいう「最高の切り札」なのだろうか。

いや、違う――と剣心はすぐに身構える。仮面の男たちの中に、見覚えのある顔を見つけたからだ。

温和な少年めいた外見と、それとは相反するような冷酷《れいこく》な剣気。虫も殺さぬような爽《さわ》やかな笑顔を浮かべて現れたのは、かつて剣心の逆刃刀を折った青年だった。

「……さあ、十本刀最強の刺客《しかく》、瀬田宗次郎！　思う存分暴れてくれ！」

片眼鏡の男の激励《げきれい》を受け、瀬田宗次郎はにこりと目を細めた。

予想だにしなかった強敵との再会に、剣心は当惑する。

「お前は……!?」

「お久しぶりです、緋村さん」

相変わらず、なにを考えているのかわからない青年である。斎藤からは志々雄が倒れた後、行方《ゆくえ》を眩《くら》ませたと聞いていたが――まさか縁の一派に合流しているとは思わなかった。

〝天剣〟の宗次郎。間違いなく強敵である。この男が出てきた以上、無傷で先に進めるなどとは期待しない方がいいだろう。

構える剣心の目の前で、宗次郎は独特の歩法による足踏みを始めた。

縮地《しゅくち》だ。飛天御剣流すら凌駕《りょうが》する超高速の移動術である。宗次郎があの歩法を使っている限り、通り一遍《いっぺん》の技は通用しない。神速を超えた超神速でなければ、縮地に打ち勝つことは出来ないのだ。

剣心は刀を鞘《さや》に納め、抜刀術の構えを取る。

宗次郎はそれを見て、どこか愉《たの》しげに頰《ほお》を緩《ゆる》めた。

そして刀の柄に手を掛けたと思った次の瞬間——剣心の視界から姿を消していた。

——疾《はや》いっ……！

宗次郎は、瞬時に剣心の背後に移動していたのである。

相変わらずの出鱈目《でたらめ》な速さだ。背後を取られたことに焦る剣心だったが、宗次郎が狙っていたのは剣心ではなかった。

倒れたのは、仮面の男たちだった。宗次郎は手にした鞘を振り抜き、それを彼らへと叩きこんでいたのである。

剣心は驚愕《きょうがく》する。この青年は敵ではない——ということなのだろうか。

もっとも、驚いているのは片眼鏡の男も同じようだった。顔を真っ赤にさせながら「貴様！　どういうことだ⁉」と宗次郎を睨《にら》みつけている。

宗次郎はそれを無視し、剣心へと向き直った。

「僕も流浪人《るろうに》になったんです。緋村さんに負けてから、どうしていいかわからなくて」

宗次郎は、ばつが悪そうに小さく笑い、手にした鞘から刀を抜いた。折れた刀——菊一《きくいち》文字則宗《もんじのりむね》だ。甲鉄艦《こうてつかん》での戦いで、剣心が折ったものである。

宗次郎はその折れた刀を床に投げ捨て、鞘だけを手に仮面の男たちに向き直る。

まさかこの青年、剣心の流浪人という生き方だけではなく、不殺《ころさず》の誓いまでも模倣するつもりなのだろうか。

「刀を抜くのは久しぶりだけど、たぶんあなたたちより強いですよ」

宗次郎に静かな笑みを向けられ、仮面の男たちが息を呑《の》む。彼の纏《まと》う剣気に中《あ》てられ、本能的にその恐ろしさを理解したのかもしれない。

まったく、捉えどころのない青年だ。どういうつもりかは知らないが、味方だというなら心強い限りである。

一方、宗次郎に面子《めんつ》を潰された片眼鏡の男は、憤慨《ふんがい》のあまり声を荒らげていた。

「殺《や》れえッ！　二人とも殺せッ！」

男に命じられ、周囲の仮面の男たちが一斉に飛び掛かってきた。

剣心と宗次郎は互いに視線を交わし合い、共に彼らを迎え撃つ。

※

操は手にした小太刀で、目の前の男による鉤爪《かぎづめ》の連撃を必死に防いでいた。

矢継《やつ》ぎ早《ばや》に繰り出される爪はまるで嵐の如く激しく、反撃に転じる暇もない。すでに操の忍装束はそのあちこちが斬り裂かれ、傷口からは血が滲みだしていた。

操は唇を嚙《か》みしめる。自分にとっては荷が重い相手なのかもしれない。

黒尉《くろじょう》らの調査によれば、目の前の男は、八ツ目無名異という名らしい。元・闇乃武の隠密《おんみつ》であり、人斬り時代の緋村とも戦闘を繰り広げたという。

幕末を生きた手練《てだ》れの隠密。忍としては、操などよりも数段格上の存在であることは疑いない。技のキレを見れば明らかだ。

攻防の末、操はついに八ツ目に背後を取られてしまった。容赦《ようしゃ》なく鉤爪に背を裂かれ、激痛が走る。背中に、どろりとした血が零《こぼ》れるのを感じる。

でも――と操は思う。ここで倒れるわけにはいかない。この八ツ目という男は、蒼紫に重傷を負わせたのだ。その償《つぐな》いは必ずさせなければならない。

「うおりゃあああッ！」

操の放った反撃の肘鉄が、八ツ目の顔面を直撃する。だが、さほど有効な打撃ではなかったようだ。面具が少しひしゃげただけである。

八ツ目はにやりと笑い、その黒い面具をはぎ取った。その下から現れたのは、耳元まで大きく裂けた口。かつて緋村に負わされた傷なのかもしれない。

それは見る者を恐怖させるような異様な風体《ふうてい》だったが、操は動じなかった。

指先で手招きし、八ツ目を挑発する。

「……来いッ！」

八ツ目が鉤爪を振り上げ、まっすぐに操へと向かってくる。

この疲弊《ひへい》した身体では、あの鉤爪の連撃を躱《かわ》しきれないかもしれない。だが、それならそれで仕方がない、と操は思う。たとえ刺し違えてでも、蒼紫の仇《かたき》は討《う》ってみせる。

操は覚悟を決め、小太刀を構えた。

しかし鉤爪を刃で受け止めた瞬間、思いもよらないことが起こった。八つ目の鉤爪が小太刀との激突の衝撃に耐えきれず、根元からぽきりと折れたのである。

「……!?」

甲鉄のはずの鉤爪が、あっけなく折れる。八ツ目も意外だったのか、大きく目を見開き、動揺《どうよう》を見せていた。

勝負を分けたのは、その一瞬だった。

操は敵の隙《すき》を見逃さず、渾身《こんしん》の上段蹴《じょうだんげ》りを放ったのだ。放たれた蹴りは過《あやま》たず、八ツ目の延髄《えんずい》に鋭く突き刺さった。

歴戦の忍であっても、さすがに急所への直撃を耐えることはできない。八ツ目は声もなく崩れ落ち、白目を剝《む》いた。

勝った——。操も緊張の糸が切れ、その場に大の字に横たわってしまった。すべての力を出し切ったせいか、心臓が破裂しそうなほどに脈打っている。

この勝利は自分だけのものではない。操は十分それをわかっていた。

東京での戦いの際、八ツ目の鉤爪は蒼紫の小太刀を何度も受け止めていた。あの呉鉤《ごこう》十字《じゅうじ》まで受けていたのだ。その強烈な衝撃が、鉤爪を崩壊寸前まで疲労させていたのである。鉤爪が折れたのはきっと、そのせいだ。

——やっぱ、蒼紫様は強いんやなあ。

ゆっくりと白んでいく明け方の空を見上げながら、操はふっと笑みを浮かべた。

※

巻町操の勝利を横目で眺めながら、斎藤はふう、と紫煙《しえん》を吐いた。

どうやら御庭番衆のイタチ娘は、あの八ツ目無名異を倒したらしい。ただ喧《やかま》しいだけの小娘かと思っていたが、なかなかやるものだ。

さて、こちらもあまり時間はかけてられんな——と、斎藤は目の前の敵に向き直った。

「オルアアアアアッ！」

敵の振るった大振りの側面打ち《フック》が、斎藤の鼻先を掠《かす》めた。咥《くわ》えていた煙草《たばこ》がはね飛ばされ、斎藤は「チッ」と眉《まゆ》を顰《ひそ》める。

斎藤が交戦しているのは、鋼《はがね》の手甲《てっこう》を纏った男、乾天門である。前川《まえかわ》道場を襲撃し、門下生や警官たちをひとりで半殺しにした人物だ。

調べによれば、その軽業師《かるわざし》めいた格闘術は、江戸幕府の隠密組織、闇乃武に由来するものらしい。

闇乃武のことは斎藤も良く知っている。その目的は幕府に仇《あだ》なす維新志士《いしんしし》たちの暗殺。幕末の京都において、影ながら暗躍していた組織だったからだ。

斎藤ら新撰組《しんせんぐみ》が京都の表の守護者だとすれば、闇乃武は裏の守護者にあたる。つまり斎藤と乾は、かつては同じ陣営に属した味方同士だったということになる。

――だからなんだ、という話ではあるが。

たとえ昔の味方だろうが、敵となった以上は容赦の余地はない。斎藤は一切表情を変えず、剣を横薙ぎに振り抜いた。

「ハーハッハッハ！」

乾は大きく腕を振るい、斎藤の剣を手甲で弾く。首を狙ったはずの斬撃は上方に逸《そ》れ、切り裂いたのは束ねた髪の一房だけだった。

厄介《やっかい》な奴だ、と斎藤は思う。身のこなしは素早く、甲鉄の手甲には生半可な斬撃も通用しない。なるほど、並みの警官たちでは敵《かな》うべくもないだろう。

だが、所詮《しょせん》は「厄介」程度に過ぎない。単純な速度でいえば抜刀斎の方が数段上だ。いかに甲鉄で身を守ろうとも、それを突破する手段などいくらでもあるのである。

斎藤はすぐに深く腰を落とし、半身の構えを取った。水平に寝かせた刃に右手を添え、刀の切っ先を敵へと向ける。

牙突《がとつ》――。幕末の動乱の頃より斎藤が極限まで磨《みが》き上げてきた、必殺の左片手一本突きである。

斎藤は地を蹴り、乾へと一気に間合いを詰めた。

乾はそんな斎藤を前にして、真っ向から立ちはだかる。己の手甲に絶対の自信を持っているのだろう。正面から牙突を受けきるつもりなのだ。

「おおおおおッ！　来いやあああッ！」

乾が手甲を構え、防御に徹する。このままでは牙突は弾かれ、敵に反撃の機会を与えてしまうだろう。

牙突は端的にいえば、強力な「突き」に過ぎない。突進技ゆえの弱点も多く、ひとたび回避されれば手痛い反撃を受けることもある。決して、万能無敵の必殺技というわけではないのである。

しかしそれでも斎藤は、牙突以外の技に頼るつもりはなかった。

それは、己に絶対の自信を有しているからだ。いかなる状況だろうと、いかなる敵が相手だろうと、経験と判断力があれば弱点は埋められる。斎藤には、その自負があったのである。

刃が手甲に弾かれんとするその刹那《せつな》、斎藤は足を止めた。

「なにっ……!?」

驚く乾の鼻先で、斎藤は刃に添えていた右手を外側に振り抜いた。裏拳を放つことで、乾の防御の体勢を崩したのである。

乾も、まさか斎藤がこの局面で拳を使うとは予想出来なかったのだろう。乾は大きく口を開き、呆気《あっけ》にとられている。胴体の守りはガラ空きになっていた。

その胴体に向け、斎藤は全身全霊の一撃を叩きこんだ。

上半身の撥条《バネ》のみを使っての渾身の牙突。密着状態からの切り札、牙突・零式《ゼロしき》である。

「ぬがぁっ……!?」

斎藤の強烈な一撃を受け、乾は倒れた。

多少面倒な敵だったが、終わってみればどうということはない。斎藤は制服の懐《ふところ》から新たな煙草を取り出し、火を付けた。

――あとは、雪代縁か。

館を見上げながら、斎藤はゆっくりと煙を吐き出した。

※

剣心の背中で、宗次郎が柔らかな微笑《ほほえ》みを見せている。

敵と剣を交えているとは思えないくらいに穏やかな表情だが、これが瀬田宗次郎という青年なのだ。まるで幼子との遊戯《ゆうぎ》にでも興じるように「あはは」と柔和《にゅうわ》な笑みを浮かべながら敵を昏倒《こんとう》させている。

全力の縮地を用いた宗次郎を捉えることは、広間の誰にも出来なかった。

「な、なんだこいつッ！　速すぎるッ！」

敵陣に飛びこんだ宗次郎は、斬撃を躱し、銃撃を躱しながら、まさに電光の如き速度で構成員たちをなぎ倒していく。

敵の数は多いが、宗次郎のおかげでその負担はまったく感じられない。剣心にとっては、まさに百人力といったところだ。

時間にして数分と経っていないにもかかわらず、三十人近くいたはずの広間の敵も、残りわずかになっていた。

剣心は宗次郎とふたり、残った敵を上階のバルコニーへと追い詰める。

——さあ、遠慮《えんりょ》なくやりましょうか。

宗次郎が剣心に微笑みかける。何も言葉を交わさずとも、剣心にはこの青年の思惑が理解できた。

剣心は、逆刃刀《さかばとう》をバルコニーの手すりへと叩きつけた。宗次郎も同様だ。剣心とまったく同時に、手にした鞘《さや》を叩きつける。

手すりの破壊により、密集していた構成員たちが体勢を崩した。「うわあああっ！」と悲鳴を上げ、下階へと落下する。

こうなればあとは仕上げのみ。剣心と宗次郎は共にバルコニーから飛び降り、眼下の敵の群れへと強烈な一撃を見舞った。落下速度を利用しての同時攻撃。さながら「龍槌閃《りゅうついせん》重ね撃ち」といったところか。

広間の敵をすっかり片付けた後、宗次郎は剣心に微笑みかける。

「楽しかったです。背中を心配しないで闘えるのって初めてだったから」

剣心は思わず、ふっと笑みを零《こぼ》しそうになる。命のやり取りをした後とは思えないくらいに呑気《のんき》な感想だ。だが、それがなんともこの青年らしい。

と、そこにまたしても数十の足音が聞こえてくる。新手がやってきたのだ。

宗次郎は少し残念そうに肩を竦《すく》め、握った鞘を構え直した。

「緋村さん、行ってください」宗次郎は、剣心をまっすぐに見つめる。「そして見せて下さい。その剣が恨みを断ち、過去に捕らわれた人たちの足を前に進めるところを」

「……かたじけない」

剣心は頷《うなず》き、すぐに館の廊下《ろうか》を奥へと進む。

背後で宗次郎が、楽しげに縮地を刻む音を聞きながら。

※

内門《アーチ》をくぐり、洋館の中庭へ。

剣心は、南国風の植物が生い茂る庭園の中に、離れの別宅を見つける。

おそらくは雪代縁の私室なのだろう。開け放たれた扉の向こうには、縁が独り、背を向けて佇《たたず》んでいた。

「来たカ。抜刀斎」

「待たせたな。薫殿はどこだ」

剣心が問うも、縁は振り向かない。まるで挑発するように鼻を鳴らしている。

「さあナ。どこにいると思う?」

「……縁、お前が姉の仇を討とうとする気持ち。それは至極当然《しごく》だ。だが、もうこれ以上他の人を巻き込むのはよせ。お前の仇は拙者《せっしゃ》一人。罰を受けるのは拙者一人のはず——」

縁は剣心の言葉を遮《さえぎ》るように、「黙れ!」と語気を強めた。

「俺の仇はお前一人ではなく、お前の全て! お前が親しくしている者、お前と言葉を交わした者……! そしてお前が作り上げた、この糞《くそ》みたいな国の全て!」

突然縁は剣心の方を振り向き、鋭い回し蹴《げ》りを放った。剣心の頭蓋《ずがい》を砕かんばかりの強烈な上段蹴りだ。

剣心は紙一重《かみひとえ》でそれを躱し、縁との距離を取る。

当の縁はふらふらと、夢遊病者のような足取りで部屋の壁に向かった。虚《うつ》ろな目で、天を仰《あお》ぎながら呟《つぶや》いている。

「姉さん、ついにこの時が来たよ」

縁は、机に置かれていた長刀を手に取った。

その長い刃渡りや大陸系の拵《こしら》えを見るに、純粋な日本刀ではない。倭刀《わとう》だ。

縁が逆手に倭刀を抜き、剣心も逆刃刀を抜く。両者の距離はおよそ二間半。互いに睨《にら》み合い、一触即発の空気が別宅を支配した。

「……さあ、人誅《じんちゅう》の時間だ」

その空気を先に斬り裂いたのは、縁である。

縁は床を蹴って飛び掛かり、大上段から剣心に強烈な兜割《かぶとわり》を放った。

剣心はすんでのところでそれを回避し、縁に向けて反撃の一太刀を振るう。

しかし縁は咄嗟《とっさ》に反応し、倭刀でそれを受け流す。続けざまに縁が繰り出してきたのは、息もつかせぬような怒濤《どとう》の蹴撃だった。

――この男、拳法を使うのか……！

縁の戦法は独特なものだった。右手に握った倭刀で斬撃を繰り出しつつ、そこに中国拳法のものと思われる当て身や蹴りをも織り交ぜてくるのだ。

剣、拳、蹴り。変幻自在の戦闘手段に、剣心は苦戦を強《し》いられていた。

袈裟《けさ》斬りが来るのかと思えば肘鉄が飛び、肘鉄が来るのかと思えば薙ぎ蹴りが来る。

縁が用いているのは、ただの剣術でも、拳法術でもない。日本刀の速さと切れ味に、大陸特有のしなやかな動きと力業《ちからわざ》を融合させた武術――大陸で発展した「倭刀術」である。

「……ッ！」

幾度目かの鍔《つば》迫《ぜ》り合いの後、剣心は縁の唐竹《からたけ》蹴りをもろに腹部へと喰らうことになった。背後に吹っ飛ばされた剣心は、部屋の中の調度品を破壊しながら、ごろごろと床に転がる。

有効な反撃の糸口がまるで見えない。型破りな倭刀術には、飛天御剣流の「先読み」すらもろくに通用しないのだ。

だが、まだ斃《たお》れるわけにはいかない。

剣心は刀を握り直し、なんとか体勢を整えた。その立ち上がりざまの勢いを利用し、縁の胴に向けて横薙ぎを放つ。回転の遠心力を破壊力に変える技、龍巻閃《りゅうかんせん》。

しかし、それも縁には通用しなかった。「ふん」と鼻を鳴らし、その横薙ぎを足裏で受け止めてみせたのである。

なんという凄《すさ》まじい反射神経なのか。常人の程度を遥《はる》かに超えている。この男、上海《シャンハイ》で相当の修羅場《しゅらば》をくぐってきたに違いない。

縁はそのまま剣心の刀を地面に踏みつけ、にやりと口元を歪める。

どうした抜刀斎、貴様の力はそんなものカ――？　その昏《くら》い笑みは、剣心を嘲笑《あざわら》っているかのように見える。

縁は逆刃刀ごと地面を蹴り、飛び上がった。上空で身体《からだ》を捻《ひね》り、飛び蹴りを放つ。

剣心は「くっ！」と咄嗟に身をかがめ床を滑り、縁の蹴りを回避する。危ないところだった。縁の強烈な飛び蹴りは、背後の階段を粉々に破壊している。もし回避出来ていなければ、破壊されていたのは剣心の首の骨だっただろう。

剣心は気づく。縁が有していたのは、武器商人としての才覚だけではない。鬼神の如き膂力《りょりょく》と天性の反射神経。一流の武芸者として十分に足りるほどの才能をも兼ね備えている。

ならば、それ以上の力と速度でねじ伏せるしかない。

剣心は大きく息を吸い、正眼《せいがん》に構えた。

そのまま足を踏み出し、突進の勢いに乗せて連撃を放つ。壱《いち》の唐竹《からたけ》、弐《に》の袈裟《けさ》、参《さん》の右薙《みぎなぎ》、肆《し》の右切上《みぎきりあげ》、伍《ご》の逆風《さかかぜ》、陸《ろく》の左切上《ひだりきりあげ》、漆《しち》の左薙《ひだりなぎ》、捌《はち》の逆袈裟《さかげさ》、玖《く》の刺突《つき》——。瞬時に刻まれる神速の九連撃。飛天御剣流、九頭龍閃《くずりゅうせん》。

数ある飛天御剣流の技のうち、最強の突進力を持ったこの技を打ち破るには、その発動前に潰す以外に方法はない。ひとたび発動すれば、防御も回避も不可能なのだ。

だが、縁は動じなかった。超反射とでもいうべき刀捌《かたなさば》きで、己に襲い掛かる九つの龍をすべて迎撃してみせた。

なんという男だ——剣心は驚愕《きょうがく》する。

もっとも、さすがに得物の方は衝撃に耐えられなかったらしい。技を受けきった次の瞬間、縁の倭刀はその中ほどからぽきりと折れてしまった。

「…………」

縁は折れた倭刀をしげしげと見つめた後、それを無造作《むぞうさ》に放り投げた。

刀が折れたことなどなんの問題もない——。そんな冷静な顔色で、武器の飾り棚《だな》から新たな倭刀を取り出してみせる。

事実、振るう刀が替わろうとも縁の動きにはなんの支障もない様子だった。従前以上に軽快に剣を振るい、鋭い蹴撃と共に剣心を追い詰めている。

剣心も反撃を試みるも、いかなる技も有効打とはならない。

縁はその間隙《かんげき》をつき、壁を蹴って剣心へと飛び掛かった。

「——哈亜亜亜亜《ハアアアア》ッ！」

縁は剣心の頭上を飛び越え、上段から強烈な斬撃を放つ。

直後、剣心の背中に焼けただれるような熱い痛みが走った。斬られたのだ。なんの防御も出来なかった。

狼狽《うろた》える剣心に、縁は容赦《ようしゃ》なく回し蹴りを見舞う。内臓が潰れんばかりの強力な二段回し蹴りだ。剣心の身体は、呆気《あっけ》なく背後の中庭へと吹き飛ばされてしまった。

地面をごろごろと転がり、剣心は「ごふっ」と血を吐いた。

強い。縁は間違いなく強い。

この男の強さの源は、身の内に秘めた氷のような感情なのだろう。志々雄真実の燃え盛るような野心とは真逆だ。憎《ゾウ》、恨《コン》、怒《ド》、忌《キ》、呪《ジュ》、滅《メツ》、殺《サツ》、怨《オン》――。縁はありとあらゆる負の感情を纏《まと》って、力を引き出している。

「……どうだ、抜刀斎。姉さんと同じ傷は痛いカ……？」

縁はおもむろに上着を脱ぎ捨て、地に這《は》いつくばる剣心を見下ろした。

憎々しげな表情で倭刀を握りしめ、語気を強める。

「だが姉さんの方が……もっと痛かったはずだああッ！」

縁が雄叫《おたけ》びを上げ、剣心へと突撃を仕掛けてきた。

剣心もすぐに立ち上がり、逆刃刀《さかばとう》で迎撃を試みる。

しかし、縁の斬撃はさきほどにもまして強力なものになっていた。積年の恨みを叩きこんでいるのだろう。受けるだけで、柄を握る手に痺《しび》れるような痛みが走る。

剣戟《けんげき》のさなか、突如縁は剣心の首に左手を伸ばした。気道を締め上げ、強引につかみ上げる。剣心は呼吸もままならず、藻掻《もが》くことしか出来なかった。

「哈亜亜亜亜亜《ハアアアアア》ッ！」

縁は憎しみをぶつけるように、剣心を放り投げた。

剣心の身体は軽々と宙を舞い、中庭の中央へ。東屋《あずまや》の柱にぶつかり、あえなく落下する。

無様に地に伏した剣心を目にしても、縁の猛攻はまだ止まらなかった。

「うがあああああああ！」

縁は勢いよく地面を蹴りつけ、天高く跳躍した。屋敷の屋根さえ超えるほどの大跳躍だ。

剣心は、まさか、と息を呑《の》む。縁は東屋ごと、剣心を叩き斬ろうとしているのか。

その予想は当たっていた。縁は上空で振り上げた倭刀を、東屋の屋根へと思い切り叩きこんだ。

重力が加味された縁の一刀は、まさに苛烈《かれつ》の一言。東屋の屋根は崩壊し、柱の支えを失った東屋はがらがらと音を立てて崩れてしまう。

——馬鹿力にもほどがある……！

とっさに身体を捻り、瓦礫《がれき》の崩壊からなんとか脱した剣心だったが、縁の剣から逃れることはできなかった。崩落した屋根と共に降ってきた縁は、そのまま剣心の胸倉を左手でつかみあげ、首を狙って横薙ぎを放つ。

「死ねエエエエエッ！」

剣心は間一髪《かんいっぱつ》、逆刃刀で横薙ぎを受け止めた。剣と剣がぶつかり、激しく火花が散る。

必殺の一撃が防がれてもなお、縁は万力のような力をこめて剣心の首を撥《は》ねようとしていた。恐ろしいまでの剛力。剣心自身、いつまでこのまま持ちこたえられるかはわからない。

「人を殺《あや》めた罪は、死という罰によってのみ償《つぐな》われるッ……！」

縁が血走った目で剣心を睨みつけた。あまりにも柄を強く握りしめているせいか、縁の手の平からは赤い雫《しずく》がこぼれ落ちている。

「罪人は藻掻き苦しみ、絶望と後悔《こうかい》の中で死んでいく！　それが貴様に出来る唯一の贖《しょく》罪《ざい》ッ！」

断罪の剣に更なる力がこめられようとした刹那《せつな》、剣心は気合いをこめて逆刃刀を振り抜き、縁の拘束《こうそく》から脱出する。すかさず蹴りを放って縁の構えを崩し、体勢を立て直す。

もっとも、そんな抵抗も一時しのぎに過ぎないようだった。縁はすぐさま倭刀を大振りに振り抜き、剣心の背を再度斬りつけた。

ぐしゃり、と血肉が斬り裂かれる感覚。あまりの激痛に、意識が飛びそうになる。相当の深手を負わされてしまったようだ。

先ほどの一撃に加え、これで剣心の背には十字の傷が刻まれることになった。左頬《ひだりほお》と同じ、罪の十字傷が。

剣心がよろめいたところに、縁は「噴《フン》ッ！」と、上体を捻って蹴りを放った。剣心はその強烈な蹴撃をもろに喰らい、中庭の噴水の壁へと叩きつけられてしまう。

地に伏せ、「ぐっ」と歯嚙《はが》みする。必死に立ち上がろうとするが、身体に力が入らなかった。背中の傷口から流れ出す血と共に、気力までも失われていくようだった。

「立てえええぇッ！」縁が叫んだ。「貴様の罪はこれしきのことでは償えん……！　立て、抜刀斎ッ！」

流れ落ちる血が、剣心の周囲を赤黒く染めていく。

視界が揺らぎ、意識もおぼつかない。縁の声すら次第に遠くなっていく。

「どうした、もう限界カ……？」

縁が静かな声色で告げる。

「ならば自害しろ。その逆刃刀とかいう偽善の刃を己に向け、そして死ねッ……！」

剣心はなにも応えなかった。

応えぬまま、強く逆刃刀を握りしめる。

「貴様ッ……！　数え切れぬほどの人を殺めておきながら、自分が死ぬのはそんなに恐ろしいカッ!!」

縁は手にした倭刀を振り回しながら、「抜刀斎ィッ！」と叫んでいる。

その仁王《におう》の如き形相《ぎょうそう》に浮かんでいたのは、激しい怒りだけではない。潤んだ目の奥には、やるせない感情が浮かんでいるのが感じられた。

それは、かつて愛する者を亡くした悲しみ。

拙者《せっしゃ》もこの男も、根源は同じなのだ――と、剣心は思う。

「死は何度も考えた……。しかしそれで罪が償えるとは、どうしても思えなかった」

かつて剣心は、人々の幸福のために剣を振るっていた。

そのために多くの敵を斬り捨て、そして命を切り捨ててきた。敵もまた自分と同じ思いで戦っていただろうことに目を伏せ、人斬りを正当化していた。

そのすべては自分の過ちだ。いかなる罰も受け入れる覚悟はある。

だが――いかなる罰を課されようとも、剣心がその罪を償うことは出来ない。どんな苦痛を与えられたところで、まして自害などという命の投げ捨てをしたところで、殺めた命を取り戻すことは出来ない。

剣心の呟《つぶや》きに、縁は「ほざけ」と吐き捨てる。

剣心は逆刃刀を地面に突き立て、それを杖《つえ》代わりにゆっくりと立ち上がった。

「この罪をどうしたら償えるのか、いまだわからない。だが今は、仲間のためにも……。巴の望んだ平和な世のためにも――」

縁は鬼気迫る表情で剣心を睨《にら》みつけていた。この男にとっては、剣心が巴の名を口に出すことすら絶対に許せないのだろう。わなわなと肩を震わせている。

そんな縁の目をまっすぐに向け、剣心は続けた。

「——縁、おまえを止めねばならぬ」

縁は激高する。「うわあああァッ！」と叫びながら、剣心に真正面から斬りかかってきた。

己の中の怒りに任せ、無茶苦茶《むちゃくちゃ》に振るわれる縁の剣。それは先ほどまでこの男の振るっていた倭刀術とはまるで異なるものになっていた。変幻自在の緩急《かんきゅう》は失われ、もはや剣術と呼べるようなものではなくなっている。

剣心の逆刃刀が、縁の額を捉えた。

縁は「ぐうっ！」と顔を歪ませ、その場に跪《ひざまず》く。割れた額から飛んだ血が、その白髪を朱に染めている。

「縁……お前に見える巴は今も笑っているか」

縁は答えず、蹲《うずくま》ったまま息を荒らげていた。

薫はひとり、軟禁《なんきん》部屋で状況の推移を見守っていた。

※

窓の外からは、先ほどからずっと戦いの音が聞こえてきている。きっと、剣心たちが助けに来てくれたのだろう。

また心配をかけちゃったな——と、薫はため息をついた。鵜堂刃衛《うどうじんえ》のときも、志々雄真実のときも、いつだって剣心は薫を救いに来てくれた。

自分は幸せ者なのだろう、と薫は思う。それと同時に、巴に対して申し訳ない気持ちになっていた。巴は剣心を救うため、己の身を犠牲《ぎせい》にせざるを得なかった。しかしその心の底では、剣心に救って欲しかったと願っていたかもしれないのだから。

薫は窓に背を向け、部屋の壁を見つめる。

軟禁部屋の壁には、巴と思われる女性の肖像画が飾られていた。絵の中の巴は、どこか物悲しそうな表情で佇んでいるように思える。

彼女は十四年前、愛ゆえの不幸な運命に翻弄《ほんろう》されて命を落とした。そして今、その死のために、彼女の夫と弟が、壮絶《そうぜつ》な死闘を繰り広げている。

巴にとって剣心と縁の戦いは、ただ悲しいものでしかないだろう。それを思うと薫は、胸を締め付けられるような切なさに襲われるのだった。

肖像画の側の台の上には、風車の玩具《おもちゃ》が置かれていた。だいぶ古めかしいものだが、大切にされていたのだろう。ほとんど壊れている部分はない。

薫はなんの気なしにそれを手に取り、ふっと息を吹きかけた。

鈴の音を響かせながら、風車がくるくると回る。

※

縁は身を焦がすような怒りに打ち震えながら、目の前の抜刀斎へと襲い掛かった。

「なんで……貴様なんかに姉さんが！」

自害による贖罪《しょくざい》すら受け入れず、いけしゃあしゃあと姉の名を出す。そんな罪深い男を、これ以上生き長らえさせているわけにはいかない。

殺す——と、縁は激高する。殺してやる。夢でも現《うつつ》でも幻でも、二度とこの男が姉に会えないよう、殺して地獄に叩き落としてやる……！

縁は力のすべてを振り絞《しぼ》り、抜刀斎へと躍りかかった。

「あああああああああッ！」

しかし抜刀斎は、縁の攻撃をすべて叩き落としてしまった。剣も拳も蹴《け》りも通じない。縁の頭が沸騰《ふっとう》すれば沸騰するほど、その攻撃はいなされてしまう。

起死回生の上段蹴りも、抜刀斎には見切られてしまっていた。抜刀斎は縁の蹴り脚をただ躱《かわ》しただけではなく、足場に利用し、さらに上方へと翔んだ。

上空で大きく刀を振りかぶるあの構えは、抜刀斎の十八番《おはこ》、龍槌閃《りゅうついせん》。飛天の剣の代詞ともいえる剣が、縁の脚に直撃する。

激烈な痛苦に、縁は「うぐうっ！」と呻《うめ》く。膝下の骨が砕けたのだろう。衝撃で吹き飛ばされ、縁は地に膝をついてしまっていた。

「お前の姉への気持ちは間違っていない。拙者への怨嗟《えんさ》の念も間違ってはいない……。だが、お前の今のその生き方だけは、絶対に間違っているんだ」

五月蠅《うるさ》い、と縁は歯嚙《はが》みする。抜刀斎の戯言《ざれごと》などどうでもいいのだ。

この男に人誅を下し、あの世の姉に微笑《ほほえ》んでもらう。それだけが縁にとってのすべて。

抜刀斎は静かに、手にした逆刃刀《さかばとう》を鞘《さや》に納めた。抜刀術の構えである。

「これで終わりにしてくれ」

「うわあああああああああッ！」

縁は倭刀《わとう》を逆手に握り、地に伏した姿勢から飛び上がった。

砕けた足が悲鳴を上げていたが、そんなことはもはや関係ない。十四年前のあの日からずっと、縁の精神は、肉体を凌駕《りょうが》しているのだから。

姉さん――――！　頭の中で、縁は叫んだ。

助けて姉さん！　力を貸して、姉さん！

姉さんさえ微笑《わら》ってくれれば、俺は誰にも負けない！　俺はいくらでも強くなれる！

だから微笑って……微笑ってくれ、姉さん！

極限の状況で縁が繰り出したのは、倭刀術絶技《ゼツギ》、虎伏絶刀勢《コフクゼットウセイ》。深く地に伏した姿勢から、蹴撃で地を蹴り、大地の反動を利用して斬り上げる倭刀術究極の斬撃。

しかし地に伏した虎の牙も、天空を翔ける龍には届かなかった。

飛天御剣流奥義、天翔龍閃《あまかけるりゅうのひらめき》。

抜刀斎が放った超神速の抜刀術は、縁の握った倭刀を容赦《ようしゃ》なく破壊し、縁の身体《からだ》を問答無用で背後へと吹き飛ばした。

技の勢いを殺しきれず、縁はそのまま私室の中へと転がってしまう。

抜刀斎の奥義の威力は凄《すさ》まじく、縁は全身の骨がばらばらに砕かれたかのような感覚を覚えていた。

血を吐きつつ、縁は呻く。

「うあ……あ……姉さん……」

視線の先には、姉の肖像画があった。

一切の笑みもなく、物憂《ものう》げに佇む姉の絵――。彼女は結局、縁に微笑んではくれなかった。姉は縁ではなく、抜刀斎を選んだということなのだろうか。

いや、そんなはずはない。そんなことは絶対に認めない。

ふと、縁は己の眼前に古びた小刀が落ちているのを見つける。姉の形見の護り刀だ。戦闘の衝撃で、棚《たな》から落ちたのだろう。

縁は這《は》いながら手を伸ばし、その小刀を手に取った。鞘から引き抜き、憎き姉の仇《かたき》を睨みつける。

「……抜刀サアアアアアアアアイッ！」

縁は最後の力を振り絞り、立ち上がった。小刀を腰だめに構え、抜刀斎へと突進する。おそらく反撃をしてくるだろうが、死など恐れない。刺し違えてでもあの男を地獄に送ってやる……！

しかし抜刀斎の反応は、縁の予想とは異なるものだった。

ぐしゃり、と肉を刺し穿《うが》つ感触。

小刀を握る縁の掌《てのひら》からは、ぽたり、ぽたりと血が零《こぼ》れている。

抜刀斎は反撃をするどころか、避けようともせず、縁の刃を受け入れたのである。

縁は驚愕《きょうがく》に目を見開いた。

「貴様ッ……!?」

「縁、すまなかった……」

抜刀斎は、沈痛な面持《おもも》ちでそう告げた。謝罪のつもりだろうか。

しかし、今更そんな言葉を聞かされたところでどうしようもないのだ。縁は「うおああああっ!!」と慟哭《どうこく》し、抜刀斎を振り払おうとする。

その時だった。

抜刀斎の背後から、「ぱん」と乾いた音が響き渡る。

それが銃声だったことに気がついたのは、抜刀斎が地に伏した後のことだった。

銃声の主――本館に通じる扉を開けて現れたのは、片眼鏡《モノクル》の男。

呉黒星だ。縁に拳銃を向け、「はっはっは」と、下品な笑い声を上げている。

「どいつもこいつも人をコケにしやがって！　殺してヤルッ！　皆殺しダッ！」

呉が引き金を引こうとしたその刹那《せつな》、もうひとり現れた人物があった。

「駄目ッ！」

神谷薫だ。呉の背後から飛び出してきた彼女は、呉の握る拳銃へとつかみかかった。縁を救おうとしているのか、呉と揉《も》み合っている。

「どけって言ってんだヨ！」

呉が腕を振り回し、薫を突き飛ばした。その卑劣《ひれつ》な銃口を薫に向け、にっと唇を歪ませる。

そのとき、縁の身体は反射的に動いていた。

なぜそうしようとしたのかはわからない。身体はすでにぼろぼろのはずなのに、気づけば縁は地を蹴っていた。

呉の拳銃が火を噴いたその瞬間、縁は薫の前に立ちはだかっていた。

鉛玉《なまりだま》が縁の肩を貫き、噴き出した血が足元を濡らした。

薫も抜刀斎も、驚きに目を見開いている。

呉の顔面も海のように青ざめ、身体を小刻みに震わせていた。

縁は拳を固く握りしめ、そんな呉の方へと歩みよる。

「貴様……黒星ッ！　邪魔をするなァァァァァッ！」

呉を突き飛ばして馬乗りになり、握った拳で顔面を滅多打《めったう》ちにする。

呉はさしたる抵抗も出来ず「ぐがっ」「うぐっ」と苦悶《くもん》の声を漏《も》らしていた。だが、憐《あわ》れみの情など微塵《みじん》も感じなかった。

　邪魔者は許さない。こんなつまらない男に人誅《じんちゅう》が──縁の十四年分の憎しみが踏みにじられるなど、あってはならないことなのだ。

　呉の顔面が割れ、白目を剝《む》く。その口の端からは泡《あわ》が噴き出していた。

「待って！　それ以上したら本当に死んじゃうわ！　本当にっ……！」

　薫が叫ぶ。だが、縁には拳を止めるつもりはなかった。本気で、この男が死ぬまで殴《なぐ》り続けるつもりだったのだ。

　だが、縁はそれ以上拳を振り下ろすことは出来なかった。抜刀斎の血塗《ちまみ》れの手が、縁を呉から引き剝《は》がしたのである。

「薫殿を守ってくれて、ありがとうでござる」

「……違う……違うっ！」縁は抜刀斎を突き放し、握った手で地面を叩く。「違う！　俺が守りたかったのは……本当に守りたかったのは──」

　見れば薫は、手の中に小さな風車を握っていた。幼い頃、姉の巴が縁のためによく吹いて遊んでくれていたものだ。

　不意に、姉の温かさを思い出してしまう。一緒に暮らしていた頃、姉はいつも縁のことを気にかけてくれていた。優しく見守りながら、いつも微笑《ほほえ》んでくれていたのだ。

思い出の中の姉が微笑《わら》ってくれなくなったのは、いつからだろうか。

空にいる彼女は、今の縁を見て何を思うのだろうか。

「……畜生《ちくしょう》ッ！　畜生っ……！」

縁はただ、俯《うつむ》くことしか出来なかった。

※

雪代縁は拘束《こうそく》され、本土の留置所へと移送されていた。

身体検査や取り調べを経て、独房へ。

抜刀斎との戦いから、すでに丸三日が経過している。

縁はなにをするわけでもなく、鉄格子《てつごうし》の外に広がる青い空をただ見つめていた。そもそも独房の中では他に出来ることなどなにもないのだが——たとえここが独房でなくとも、縁は同じことをしていただろうと思う。

気力がないのだ。立ち上がる意欲すらもない。

これまでの人生、抜刀斎への復讐《ふくしゅう》だけが縁にとっての生きがいだった。しかし、あの男との闘いに敗北した今、縁にとってはもはや生き続ける理由もない。死んでいるのと同然の状況なのである。

縁の取り調べをした警官は、縁の同志たち——鯨波も乙和も、乾も八ツ目も——その全員が捕らえられたと言っていた。

人誅の意思を挫《くじ》かれた彼らは、どんな心境でいるのか。失意のどん底にいるのか。それとも、再起の機会を窺《うかが》っているのか。

——まあ、どうでもいいことだが。

縁が自暴自棄の心境で外を眺めていたとき、留置場の係官が檻《おり》越しに声をかけてきた。

「雪代縁、お前に届け物だ」

係官が手渡してきたのは、布に包まれた和綴《わと》じの本だった。古びて変色した表紙には、検閲《けんえつ》済みの印が押されている。

本には封筒が同封され、「雪代縁様」と宛名《あてな》が書かれていた。

縁が封筒を開くと、そこには丁寧《ていねい》な筆致でこう記されている。

『この日記は貴方《あなた》がお持ち下さるべきものです。姉上のためにも、ぜひ生きて下さいますようお願い申し上げます』

姉という文言に引っかかりを覚え、封筒を裏返す。すると、「神谷薫」の名が目に入った。

あの女、いったいなんのつもりなのか。

ぱらぱらと冊子《さつし》をめくってみた瞬間、縁は驚愕《きようがく》する。

『あの人は私の幸せを奪ったひと。殺したいほど憎んだひと……』

それは間違いなく、姉、巴の筆跡だった。

この冊子は、姉の日記なのだ。姉がこんなものを遺《のこ》していただなんて、縁はこれまで知る由《よし》もなかった。

どうやら、姉は最後の日までずっと己の想いを綴《つづ》っていたらしい。縁は日記をめくり、頭の頁《ページ》から読み始める。

許嫁《いいなずけ》を失ったときの哀しみ。失意の中での闇乃武との邂逅《かいこう》。そして抜刀斎との出会い——縁は一文字一文字じっくりと、時間が経つのも忘れるくらいに没頭して、姉の想いを追っていく。

『あのひとはこれから先も人を斬り……けれど、その更に先、斬った数より大勢の人を必ず守る。ここで決して死なせてはならない』


日記に書かれていた内容は、縁にとっては驚愕の事実だった。

あのとき巴はすでに、抜刀斎を赦《ゆる》していた。死んだ清里《きよさと》と同じくらいに、ともすればそれ以上に、緋村剣心という男を愛していた。

巴は、決してあの男を恨んでなどいなかったのだ。


『私が必ず……命に替えても守る』


日記の最後に書かれていた文言を見て、縁は声を上げて咽《むせ》び泣いた。

結局この十四年、自分がしてきたことはなんだったのか。

姉のためを思い、復讐のために生き抜いてきた。力を身につけ人を集め、抜刀斎のすべてを奪うことに半生を費《つい》やしてきたのだ。

だがそれは、姉が真に望んだことではなかった。むしろ縁は、その真逆のことをしようとしていたのである。

「うう、ああ……！　うわあああ……！」

係官たちの目も憚《はばか》らず、縁は号泣する。

泣いて、叫んで、子供のように喚《わめ》いて、涙も涸れ果てた頃、鉄格子《てつごうし》の外は茜《あかね》色に染まっていた。

見上げれば、一番星が瞬いている。

まるで泣いている幼子をあやすかのように、きらきら、きらきらと。

※

正月も七日を過ぎ、神谷道場には門下生たちが再び集まり始めていた。

縁の一件は、道場にも門下生たちにも、深い傷を刻みこんだ。いまだその傷は癒《い》えてはいないが、ここの門下生一同は前を向いて歩き出そうとしている。

師範代《しはんだい》の薫が外出中の今でも、一生懸命に竹刀《しない》を振っているのだ。

「いち！　に！　さん！　し！」

弥彦も、真剣な面持《おもも》ちで稽古《けいこ》に打ちこんでいた。このところ素振りはますます鋭くなり、少年とは思えないほどの剣気を放つようになっている。その眼差《まなざ》しだけなら、もう一端の剣士の風格すらある。

いつかあいつが剣心並に強くなったら、喧嘩《けんか》の相手になってもらうのも面白ェかもな――などと、左之助は思う。

左之助は現在、道場の縁側で怪我《けが》の治療を受けていた。恵が隣に座り、左之助の傷を診《み》ている。

こんな傷、放っておけば治るというのに、この女狐《めぎつね》は聞き入れようとしない。「一歩間違えれば死ぬところだったのよ」と左之助の全身に無理矢理包帯を巻いている。

これではまるで、志々雄だ。

「……大げさなんだよ」

左之助が舌打ちすると、恵はむっと眉根《まゆね》を寄せた。反撃とばかりに、左之助の肩を容赦《ようしゃ》なく叩く。

思わず左之助は「痛ってェェッ！」と叫んでいた。そこはちょうど、縁に折られた場所なのだ。

堪《こら》えようのない痛みに、左之助は「痛ったった！　痛ぅう！」と縁側を転げ回って悶絶《もんぜつ》していた。

「大げさ」

恵がふっと、ひとを小馬鹿にしたような笑みを浮かべる。

やっぱこの女狐、とんでもねェ性悪《しようわる》だ――左之助は頭を抱えた。

※

緋村剣心は、薫と共に東京を離れ、京都を訪れていた。

郊外の翠光寺《すいこうじ》。緋村巴が眠っているのは、その寺が保有する山中の墓地だ。人があまり訪れない、静かな森の中。巴ならきっと気に入ってくれるだろう――十四年前、剣心はそう思って、彼女をここで眠らせることにした。

優しく揺れる線香の煙に包まれながら、剣心は墓石に手を合わせる。

薫も同じだ。巴の墓石の前に腰を下ろし、じっと静かに目を閉じていた。

一度も顔を合わせたことはない間柄だとはいえ、彼女なりに、巴に対して思うことがあったのだろう。剣心にはなんとなく、それが嬉しく感じられた。

巴への弔《とむら》いを終え、薫が立ち上がる。

剣心は、そんな彼女に尋ねた。

「巴にはなんと？」

「『ありがとう』……かな」薫が優しく頰《ほお》を緩《ゆる》める。「縁は結局私を助ける形になったけど、それって今思うと、巴さんが守ってくれたのかなって」

縁は、薫を殺さなかった。

殺さなかったのではなく、殺せなかったのではないか――と薫はいっていた。幼くして巴の死を目《ま》の当たりにした縁には、巴と同年代の年齢の女性を殺すことに対して強い抵抗があったのだ、と。

そういう意味では、確かに巴が守ってくれたというべきなのかもしれない。縁の中で最後の良心をつなぎ止めていたのは、あの男の巴への想いだったのだから。

「雪代縁。あれからどうしてるかな」

「縁はこれから償《つぐな》わなくてはならない。死罰ではなく、人生を懸けて。そうしない限り、縁の中の巴は決して笑わない」

いつかそういう日が来ればいい、と剣心は思う。

罪人は、犯した罪の償いのために人生を送らねばならない。それは剣心も同じなのだ。決して赦されることはなく、死のその瞬間まで償いを続ける。

剣と心を賭《と》して、この闘いの人生を完遂《かんすい》する――それがこの闘いを通じて、剣心が見出《みいだ》した答えなのである。

きっと、巴ならば見守っていてくれるだろう。誰よりも優しい彼女のことだ。縁のことも剣心のことも、ずっと見守ってくれるに違いない。

剣心は手桶《ておけ》を持ち上げ、薫とふたりで帰路についた。冬の山は空気が澄み渡り、歩いているだけでも心地がいい。

隣で薫が「ねえ剣心」と尋ねた。

「剣心は、巴さんに何を？」

「薫殿と同じでござるよ」

「えっ？」

「『ありがとう』……。それと『すまない』と……『さようなら』――」

剣心は薫の方を振り向き、手を伸ばした。

薫はその手を取り、柔らかく微笑《ほほえ》みを浮かべる。

今は、この道を歩いていく。幸いにも自分には、その道を共に歩んでくれる人がいるのだ。

だから大丈夫。心配しないでくれ――粉雪の舞う空を見上げ、剣心は小さく呟《つぶや》いた。

※この作品はフィクションです。実在の人物・団体・事件などにはいっさい関係ありません。

集英社オレンジ文庫をお買い上げいただき、ありがとうございます。
ご意見・ご感想をお待ちしております。

● あて先
〒101-8050　東京都千代田区一ツ橋2-5-10
集英社オレンジ文庫編集部 気付
田中　創先生／和月伸宏先生

映画ノベライズ
るろうに剣心　最終章 The Final

集英社
オレンジ文庫

2021年4月28日　第1刷発行

著　者　田中　創
原　作　和月伸宏
脚　本　大友啓史
編集協力　藤原直人（STICK-OUT）
発行者　北畠輝幸
発行所　株式会社集英社
〒101-8050東京都千代田区一ツ橋2-5-10
電話【編集部】03-3230-6352
【読者係】03-3230-6080
【販売部】03-3230-6393（書店専用）
印刷所　凸版印刷株式会社

ISBN 978-4-08-680380-9 C0193